눈물은 하트 모양

구혜선 소설

꼼지락

차
례

눈물은 하트 모양 — 9

작가의 말 — 119

그대만 보면 난 두근 두근 두근.
내 사랑인 걸 알았죠.

그대만 보면 난 반짝 반짝 반짝.
첫눈에 알아보았죠.
봄볕처럼 참 따스했죠.

사랑이 올까요.

그대만 보면 두근 두근 두근.

내 곁에 머물러줄까요. 정말.

사랑이 올까요.

그대만 보면 반짝 반짝 반짝.

오늘도 내일도 또 오늘도 내일도

난 그대만 생각해요. 정말.

싫증 내지 말아주세요. 정말.

귀찮아하지 말아줘요. 정말.

날 떠나지 말아주세요. 정말.

내 눈빛을 안아주세요.

1

'소주'는 정말로 이상한 여자였다.

내가 처음 소주를 만난 건 어느 겨울 선술집에서였다. 안주로 나온 고등어가 연기를 내며 익어갈 즈음, 자리를 만든 친구 녀석 둘이 결혼을 발표했다.

그들은 십 년을 만난 장수 커플이었는데, 이름도 유명한 '철수'와 '영희'다.

철수는 피부가 귤껍질마냥 거칠었지만, 영희는 늘 그의 얼굴을 보드랍게 쓰다듬으며 "부드럽다"라고 말하는 이상한 여자다. 영희는 철수보다 키가 크고 힘도 세고, 골격 자체가 0.5배는 더 크다. 철수가 술에 취하는 날이면 그를 벌레 보듯 내려다보다 잡은 벌레를 데려가듯 집으로 걸어가곤 했다. 영희는 그런 여자였다. 여러 가지 의미로 센 여자. 물론 철수 역시 그동안의 기행을 따지자면 영희만큼이나 평범하지 않은 이상한 놈이다.

그런 두 사람이 결혼을 한단다. 영희에 대한 철수의 의존적인 면이나 영희의 결혼 압박이 조금은 작용을 했을 테지만, 그게 전부는 아니었다.

그들은 지금도 한 쌍의 바퀴벌레들처럼 찰싹 붙어 얼굴을 비벼대거나, 코에 모기가 들어간 사람마냥 '엥엥' 소리를 내며 '여봉' '자기잉'을 남발하는 중이니까.

그 당시 나는 저런 것이 사랑이라면 정말 하기 싫다고 생각했다.

철수는 이런 나의 마음은 아랑곳하지 않고 말했다.

"우리 결혼해."

곧 영희도 같은 말을 반복했다.

두 번 말할 필요가 없는 말을 두 번이나 해주는 저들은 진정한 천생연분이라는 생각이 든다.

그날 모인 철수와 영희의 친구들은 모두 열 명이었는데, 비좁은 선술집에 저마다 옹기종기 모여 앉아 놀고 있었다. 나를 포함한 철수 친구 다섯 명, 영희 친구 다섯 명, 이게 전부인 줄 알았다. 그때까지는 소주라는 이상한 여자의 존재를 몰랐으니까.

　　철수와 영희의 결혼 발표에 친구들은 모두 대수롭지 않게 "축하해" "축하한다"라고 빈말을 내뱉고는, 각자 주변에 앉은 이성에게 취해 있었다. 그때 영희 친구 하나가 술에 취해 나에게 귀엽다고 말했다. 나 역시 그녀가 마음에 들었다.
　　솔직히 말하면 나를 좋아하는 여자라면 그냥 좋았다. 아니, 정확하게 말하자면 싫을 이유가 없었다. 나는 영희 친구에게 말했다.
　　"그쪽도 귀여운 편이에요."
　　이 말을 들은 친구 녀석들은 구역질을 하는 시늉을 내며 내 뒤통수를 내리쳤으나, 영희 친구들은 모두 까르륵 소리를 지르며 자지러질 듯 좋아했다. 뭐가 저렇게 재미있다고 웃어 대는 것일까. 그냥 여럿이 같이 모여 있으면 소리를 지르게 되는 것일까. 귀청이 떨어질 것만 같았다.
　　그때 영희가 말했다.

"그런데 결혼 날짜가 문제라."

"야, 인마. 김상식. 우리가 왜 네 일정에 맞춰서 결혼식을 준비해야 하는 거냐?"

철수가 불만 섞인 어조로 투덜거렸다.

"그게 아니라 철수 씨, 상식 씨네 반 아이들이 축가를 불러준다잖아. 방학할 때까지만 우리가 기다리면 되는데 뭘 그래."

영희가 내 편을 들었다.

"영희 너는 안 해도 될 말을 한다. 기분 나쁘게. 상식이 편들지 말랬지."

철수가 언짢아하며 투덜거렸다.

영희는 무안해서 철수에게 눈을 흘겼다. 나는 그들의 싸움을 십 년째 보는 중이라 사실 별 감각이 없었다.

그저 발갛게 익은 고등어가 맛있었다.

철수가 마저 따지고 들었다.

"영희 네가 상식이 중심으로 말을 해서야."

"자격자심이다."

내가 말했다.

"자존심이지."

철수가 말했다.

"그거나, 그거나."

그러거나 말거나 정말 고등어가 맛있었다.

고등어는 입안에서 따뜻한 기운을 뿜다 살살 녹아버렸다. 고등어를 호호 불다가 꿀꺽 삼킬 때쯤, 둘의 결혼도 귀여운 그녀 생각도 까맣게 잊어버리고 말았다. 그만큼 고등어가 너무 맛있었다.

내가 철수와 영희의 결혼 발표보다도 귀여운 여인보다도 고등어 뱃살에 홀려 있을 때, 소주는 바로 내 옆옆 테이블에 앉아 홀로 소주를 마시고 있었다.

얼굴은 잘 보이지 않았다. 나는 소주를 등지고 앉아 있었고 소주는 창밖을 바라보고 있었는데, 나도 모르게 슬쩍 돌아본 찰나에 그녀의 뒷모습은 마치 귀신 같았다. 그런 느낌이 들었다. 뒷모습만 봐도 무서운 아우라가 넘실대고, 절대로 가까이해서는 안 될 것 같은 그런 느낌.

"난 소주예요."

소주가 말했다. 나는 못 들은 척했으나 그녀의 취기 어린 목소리에 갑자기 고등어 맛이 싹 사라져버렸다.

친구 녀석이 내 눈치를 살피며 속삭였다.

"뭐야, 김상식. 너 아는 여자야?"

나는 고개를 절레절레 흔들며 말했다.

"아니, 아니. 모르는 여자."

그때 소주가 소리쳤다.

"난 소주예요!"

저쪽에서 영희가 갑자기 소주잔을 치켜들며 소리쳤다.

"그래, 그래! 우리 소주 마시자, 마셔!"

내가 놀라 영희에게 물었다.

"일행이었어요?"

"네. 저희 다섯이 아니라 여섯이에요, 친구가."

어쩐지 뒤를 돌아보고 싶지 않았다. 분명 소주가 나를 보고 있을 것만 같았다. 혹시 소주도 나에게 귀엽다고 말하면 어쩌나 하는 생각에 온몸에 소름이 돋았다. 하지만 봐야만 했다. 모두의 시선이 소주를 향하고 있었기 때문에.

돌아보니 소주는 역시나 나를 보고 있었다. 그녀는 빙그레 웃었다.

예쁘다.

소주의 눈은 동그란 보름달 같았다. 입술은 초록 잎을 떼낸 앵두 같았고, 붉어진 양 볼은 정말로 작은 복숭아 같았다.

솔직히 첫눈에 반해버렸다. 세상에 태어나서 저렇게 귀여운 여자는 처음이었다.

소주는 정말이지 너무나도 이상하고 귀여운 여자였다.

2

친구들은 모두 술이 올라 시끌벅적했다. 소주는 소주를 너무 많이 마시는 바람에 테이블 위에 이마를 대고 숨을 헐떡이고 있었다. 나는 그런 소주가 신경이 쓰였다. 볼록 나온 이마가 찌그러지면 어쩌나 걱정이 되었다. 그래서 잔뜩 취한 소주를 집에 데려다주기로 했다.

그녀에게 다가가 물었다.

"저기요, 제가 집에 데려다줄게요."

"나한테 관심 있어요?"

소주가 대뜸 물었다.

이런 말을 서슴없이 하다니. 황당했다. 그런데 이런 모습까지도 귀엽다니. 나는 할 말을 잃고 머뭇거리다 대답했다.

"지금 상태로 혼자 집에 가는 건 너무 위험할 것 같아서요."

"그쪽 따라가는 건 안 위험하고요?"

"혼자보단 제가 함께 가는 게 낫죠. 게다가 우린 친구의 친구잖아요."

"우리가요?"

소주는 풀린 눈을 하고 고개를 갸웃거렸다. 그리고 말을 이었다.

"저를 믿으세요?"

그녀의 물음에 어리둥절해하며 대답했다.

"네?"

소주가 말했다.

"친구의 친구라면서요."

"그… 글쎄요. 소주 씨를 믿는다기보단 조금은 아는 사이니까, 아예 모르는 사람보다는 편한 정도겠죠?"

적절하게 대답했다는 생각이 들어서 나는 곧 만족스러운 미소를 지어 보였다.

그녀는 알겠다는 듯 고개를 두 번 끄덕이고 자리에서 일어섰다. 우리 두 사람이 떠나는 것을 알아차린 친구는 아무도 없었다. 다들 자기 자랑하기에 바빴고, 물 만난 고기 떼처럼 출렁거리는 술의 바다에서 소리를 질러댔으니.

　나는 소주보다 빠르게 걸어 문밖으로 뛰어나갔고 주차 해둔 자동차에 시동을 걸었다. 겨울이라 차가 꽁꽁 얼어 있었다. 차창과 사이드미러에 서리가 낄 정도로 밖은 추웠나 보다. 나는 히터를 강풍으로 올렸다. 히터는 우웅 소리를 내며 사동차를 녹이기로 작정한 듯 거칠게 돌아갔다.
　소주가 저만치 떨어진 곳에서 비틀거리며 걸어왔다. 부축해줄까 싶었지만 너무 속 보이는 행동 같아서 그만뒀다.

　그녀는 차 문을 열었다. 그리고 곧장 쓰러질 듯 올라탔다. 그것도 뒷좌석에. 나는 소주가 취해서 옆이 아닌 뒷좌석에 탔겠거니, 하고 이해했다.
　우리는 아무 말도 하지 않았다. 나는 아직 알지도 못하는 목적지를 향해 운전하기 시작했다. 자동차 안의 공기는 점차 따뜻해지고 있었다.
　실내 온도가 높아지자 몸이 녹아 눈이 무겁게 감겼다. 조용해서 잠든 줄 알았던 소주는 눈을 크게 뜨고 창밖을 하염없이 응시하고 있었다.

무슨 생각을 하는 중일까.

그러다 물었다.

"집이 어디예요?"

"아무 데나."

소주는 반말로 대답을 했다!

아무 데나라니. 운전대를 잡고 있던 나는 약간 언짢아지려고 했다. 나는 그녀가 앉아 있는 뒷좌석까지는 들리지 않는 소리로 구시렁거렸다.

"어디로 가는지 알아야 집에 바래다드리지…."

"내가 어디로 갈지 말해도 그쪽 가고 싶은 대로 갈 거잖아요."

소주가 내 작은 소리를 알아들은 듯 대답했다.

그녀의 목소리는 방금 전 취한 모습이 생각나지 않을 만큼 멀쩡했다. 정신이 들었나 싶어서 얼른 말을 걸었다.

"제가 가고 싶은 대로라니요. 이상한 곳이라도 갈까 봐 그래요? 말씀 참 이상하게 하시네요."

소주는 아무 대꾸도 하지 않았다. 너무 과한 대응을 한 것 같아서 이내 후회가 됐다. 괜한 이야기를 한 건 아닐까. 이상한 곳이라니. 내가 내 무덤을 판 것 같았다. 자기 꾀에 걸려든 기분이랄까.

소주는 고요히 창밖을 바라보았다. 하늘이 맑아 별이 아주 가까이 있는 듯 반짝이는 밤이었다.

침묵이 어색해서 말을 꺼냈다.

"하늘이 참 어둡죠."

"원래 밤하늘은 어두운 거야."

소주가 다시 반말로 대답했다.

"차 세워."

반말인 데다가 권위적이기까지 한 어투. 나는 점점 기분이 나빠졌다.

"아니, 왜 갑자기 반말이에요?"

그녀는 화가 난 목소리로 소리쳤다.

"너 음주운전 했잖아! 차 세워!"

그때쯤 나는 모르는 길에 진입해 있었다.

나는 그녀에게 질세라 다급한 목소리로 말했다.

"여기 지금 도로 한복판이에요! 어디에다 차를 세우라는 거예요!"

물론 비꼬는 억양도 약간 섞었다. 기분이 정말로 상해서였다.

후회가 빠른 내가 소리친 것을 후회하기도 전에 곧 사고
가 벌어졌다. 소주가 마치 시한폭탄을 든 열사와 같은 눈빛을
하고서 달리는 차 문을 힘껏 열어버린 것이다.

잠시 후, 차가운 바람이 차 안으로 매섭게 밀려들어왔고,
잠의 무게로 무거웠던 눈꺼풀과 동공을 빳빳하게 얼려버렸
다. 나는 정신을 차리려고 브레이크를 밟으며 핸들을 좌우로
돌려보았지만, 차 안으로 밀려든 거센 바람은 폭풍이 되어 자
동차를 어디론가 날려보내려는 듯했다. 붙잡고 있던 핸들 클
랙슨은 내 마음의 비명처럼 울어댔고, 자동차 바퀴는 한쪽으
로 꺾여 중심을 잃고 미끄러졌다. 차는 이내 콘크리트 가드레
일에 부딪혀 부서질 듯 쾅 소리를 내며 충돌했다.

충격으로 얼마쯤 정신을 잃었을까. 눈을 뜨자 보닛이 반
쯤 찌그러진 채 시야를 가리고 있었고, 그 위로 매캐한 연기가
피어올랐다.

소주는 괜찮을까.

그때 뒷좌석에서 작은 한숨 소리가 들렸다.

곧이어 소주는 자동차 밖으로 빠져나가 어두운 도로 갓
길을 유유히 걸어갔다. 나는 괴성을 지르며 문을 열어보았지
만 찌그러진 자동차 문은 좀처럼 열리지 않았다. 겨우 열린 창

문을 통해 기어 나가 그녀를 잡기 위해 힘껏 달렸다. 하지만 두 다리는 좀처럼 힘을 쓰지 못했다. 다리가 풀린다는 것이 이런 것인가 싶었다. 하는 수 없이 소주를 향해 "저기요!"라고 소리쳤다. 소주는 뒤돌아 나를 바라보았다. 그녀는 이런 사고를 자주 겪어본 사람처럼 태연한 표정으로 서 있었다.

정신없는 와중에도 '참 스릴 있게 사는 사람이구나'라는 생각을 했다. 별일 아니라는 듯한 소주의 표정은 혼자 보기 아까울 정도였다.

나는 다리가 풀려 자리에 주저앉았다. 골반이 틀어진 것처럼 아팠다. 그러나 위험해 보이는 소주를 내버려둘 수가 없었다. 나는 다시 소리쳤다.

"여기 길 없단 말이에요!"

소주는 냉정한 어투로 말했다.

"내가 걷는 이 길이, 다 내가 갈 길이야."

"말이 되는 소리 좀 해요."

답답하고 짜증이 났다. 최대한 힘을 내 자리에서 일어나 소주를 향해 걸어보았다. 느린 걸음이지만 그녀를 붙잡아야 겠다는 의지가 타올랐다. 일단은 소리치는 걸 멈추고 사과하는 것으로 작전을 바꾸었다.

"내가 미안해요."

"네 관심 필요 없어."

소주가 냉정하게 대답했다.

"사람이 사과를 하는데 그런 말이 어디 있어요?"

"네 관심 개나 줘."

"뭐라고요?"

"개 몰라?"

"알아요!"

안다는 대답은 왜 했을까. 그 부분에서부터 진 것 같은 기분이 들었다. 심지어 한마디 더 해버렸다.

"나 개 좋아해요."

그런데 그녀가 내 대답에 빙그레 웃었다. 처음 봤을 때처럼 빛나는 눈으로 말했다.

"나도 개 좋아해."

다행이었다. 일단 위기를 모면할 수 있을 거라는 희망이 생겼다.

"우리 여기 있다간 얼어 죽을 수도 있어요. 일단 차에 타서 얘기하는 게 어때요?"

"응."

소주가 얌전히 수긍했다. 정말 미친 여자 같았다.

나는 아픈 다리를 절뚝거리며 자동차로 걸어갔다. 뒷좌

석 문을 열어 소주를 모시듯 태우고 그 옆에 앉았다. 그녀는 나를 미심쩍은 눈으로 바라보았다. 왜 옆에 앉았느냐는 얼굴이었다.

"앞좌석은 지금 들어가기 힘든 상태잖아요."

사실이었다. 소주는 앞좌석을 한번 확인하고는 별다른 말이 없었다.

소주의 입술은 추위에 파랗게 질려 있었다. 그럴 줄 알았다. 걱정스러운 마음에 소주의 손을 잡아야겠다고 결심했다. 왜 하필 우리는 이런 사고로 이런 순간을 함께하는 것일까. 서로의 처지에 동정이 밀려와 정말로 소주의 손을 잡고 말았다. 그녀는 놀란 눈으로 나를 보았다. 방금 전 사고에는 태연했으면서 지금은 이렇게 놀랄 수 있는지, 그게 참 신기했다.

소주의 손은 얼음장처럼 차가웠다. 그리고 차가운 오른 손등은 유리 파편에 찢긴 듯 피가 흐르고 있었다. 추위에 자신이 다쳤는지도 몰랐던 것 같다. 나는 소주의 얼굴을 한번 보고 붙잡은 손을 다시 내려다보았다.

"피 나요."

"괜찮아."

"오늘은 괜찮아도 내일 더 아플지도 몰라요. 병원에 가야

겠어요."

"뭐든 다 그렇지. 오늘은 괜찮다가 내일 아픈 거야. …병원 말고 집으로 가자."

"네?"

"나 내일 더 아플지도 모르는데 네가 도망갈 수도 있잖아. 그러니까 너희 집에 있을게. 네가 가해자니까."

"그런 논리인가요?"

"응."

바보 같지만 그런 소주에게 흥미가 생겼다. 계속해서 반말로 이상한 소리를 하는 그녀에게.

나는 보험회사에 전화를 했고 소주는 그런 나를 이상하다는 듯 올려다보다가 다시 창밖을 응시했다. 그녀는 무슨 생각에 그리도 자주 잠기는 것일까. 알다가도 모르겠다는 생각이 들었다.

보험회사에 전화를 마치자 소주가 물었다.

"어디에 전화한 거야?"

"보험회사요."

"보험?"

그녀는 한국말이 서툰 외국인처럼 '보' '험'을 끊어 발음

했다.

"사고가 나면 보험회사에 전화를 하는 게 '상식'이죠."

"상식?"

"네."

나는 어린아이를 가르치는 어른처럼 대답했다. 그리고 라임을 살리자 싶어서 곧바로 소개를 이어갔다.

"제 이름은 김상식입니다."

"내 이름은 소주."

본명이었다니…. 그러나 웃지 않았다.

"그리고 저 술 안 마셨어요."

소주는 나를 의심하듯 뚫어지게 쳐다보았다.

"정말이요."

나는 재차 말했다. 그리고 아까부터 목에 턱 걸려 있던 말을 내뱉었다.

"그런데 나이가 어떻게 되세요? 반말하는 걸 보니 동갑인 것 같은데 저도 말을 놔도 될까요?"

"안 돼."

소주는 단호했다.

"왜죠?"

"너는 나를 존중하는 중이고 나는 너를 존중하지 않는

중이니까. 네가 내게 반말을 시작하면 너는 나를 더 이상 존중하지 않을 것 같아. 나는 네가 나를 존중해줬으면 좋겠어."

소주는 자못 신중한 목소리로 대답했다.

그때 나는 그녀의 눈에서 두려움을 보았다. 그것은 아주 찰나에 불과했지만 분명히 존재하고 있었다.

내가 소주에게 그동안 너무 무례했던 것일까?

반말을 하면 더 이상 내가 자신을 존중하지 않을 것 같다니….

그녀는 나에게 알 수 없는 어떤 두려움을 가지고 있는 것 같았다. 아니, 어쩌면 김상식이라는 사람이 아니라 낯선 남자에게 느끼는 두려움일지도 모르겠다.

나는 소주와 헤어지기 전까지 최선을 다해 존중하기로 마음먹었다. 물론 그것은 쉬운 일이 아니었다. 그녀는 어른스러운 말을 했다가도 급속도로 어린아이처럼 변모해 엉뚱한 말을 내뱉기도 하고, 그러다가도 다시 노인 같은 말을 반복했다. 나는 그녀를 도저히 종잡을 수가 없었지만 한편으로 재미있던 것도 사실이었다.

소주는 노련한 사람은 아니었으나 그렇다고 순진하지도 않았다. 그녀의 머릿속에는 자신을 조종하는 다른 이가 들어

있는 것만 같았다. 그러나 한 가지 분명한 것은 있었다. 싫고

좋은 것에 대하여.

3

내가 사는 아파트 입구에 도착했을 때 겨울비가 부슬부슬 내리기 시작했다. 비가 지금 와서 다행이었다. 소주는 하늘을 잠깐 올려다보고는 계단을 오르기 시작했다.

나는 골반과 다리가 아파 엘리베이터를 이용하고 싶었으나, 소주가 계단을 이용하는 바람에 나 역시 그녀를 따라 계단으로 올라갔다. 삼층이 이렇게나 높았던가….

집 문을 열자 포근한 온기가 온몸에 전해졌고, 이내 아픈 몸이 치유되는 것만 같았다. 소주는 말없이 거실로 들어와 한쪽 벽면에 등을 기대고 자리에 앉았다.

내가 물었다.

"뭐 마실래?"

나도 모르게 소주가 친구처럼 느껴져서 그만 반말이 나왔다. 버럭 화를 낼 줄 알았지만 그녀는 별 감흥 없이 그리고 기운도 없이 "아니"라고 대답했다.

소주의 상처가 생각났다.

"손 소독부터 해야겠다. 피가 많이 났어."

주방으로 가 찬장 문을 열고 소독약과 거즈를 꺼냈다. 걱정이 되었다. 괜찮은 척하는 이 아이 같은 소녀가.

그렇다. 우리 집에 들어온 소주는 소녀 같았다. 길을 잃은 고양이처럼 도망칠 구석을 찾는 것 같기도, 버려진 강아지처럼 포근한 안식처를 찾는 것 같기도 했다. 아무리 봐도 그녀는 영락없는 소녀 같았다.

나는 소주의 손에 소독약을 발라주었다. 그때 처음으로 그녀가 자줏빛 스웨터를 입고 있다는 것을 알아차렸다.

나는 지금까지 그녀의 무엇을 봤던 것일까. 어떤 옷차림을 하고 있었는지도 모를 정도로 정신이 없었다.

소주는 손 위로 흐르는 소독약이 따갑지도 않은지 인상한번 찌푸리지 않았다. 그저 계속 멍하니 앉아 "오늘은 여기에 머무를 거야"라고 속삭였다.

그녀가 조금은 나에게 안심한 것 같아 반가운 마음이 들었다. "머무를 거야"라는 말이 부담스럽고 불안하기도 했지만.

소주의 마음을 확인하고 싶었다.

"여기까지 왔다는 건 내게 마음을 열었다는 거지?"

그녀가 되물었다.

"너는? 집 문을 열었다는 건 내게 마음을 열었다는 의미야?"

어려웠다. 내 물음은 상식적이라고 생각했으나 소주의 질문은 어쩐지 더 많은 뜻을 가지고 있는 것처럼 느껴져서 대답하기가 곤란했다. 나는 화제를 돌렸다.

"아부지가 소주를 되게 좋아하셨나 보다. 이름이 소주인 걸 보니."

"너희 아부지는 상식을 좋아하셨어?"

나는 그녀의 말에 웃어버렸다. 대꾸를 잘하네.

"나는 삼 형제인데 막내야. 첫째 형은 생식, 둘째 형은 가식, 셋째인 나는 상식. 웃기지?"

"생식, 가식보다는 상식이 나은 것 같아."

"너도 맥주, 안주보다는."

내 대답에 소주가 웃었다. 우리는 헛소리 코드가 잘 맞는 것 같았다. 철수와 나누는 대화처럼 느껴졌다. 적어도 이십 년 친구 사이에서나 가능한.

아까 했던 이야기를 다시 꺼냈다.

"정말 내게 마음을 열었어?"

"마음? …응."

그녀가 발밑에 시선을 고정한 채로 고요히 대답했다.

"사실 나는 마음을 열었다기보단 책임감으로 집 문을 열었어."

"책임감?"

"응."

"그럼 나를 책임질 각오를 한 거야?"

"응?"

소주의 질문에 나는 또 한 번 대답하기가 곤란해졌다.

사실 우리의 관계가 애매해서였다. 뭐라고 말해야 할지를 몰랐다. 이런 질문은 반문하기도 어렵다.

그녀가 말했다.

"나는… 너를 좋아하기 시작했어."

대뜸 고백을 하다니…. 당황한 나는 어디에 눈을 둬야 할지 몰라 방황했다. 잠시 동안.

"문을 열어줘서."

그런 이유라니…. 그러더니 갑자기 충격적인 제안을 했다.

"우리 결혼할까?"

태어나 지금껏 살아오며 들어본 말 중에 가장 놀라운 말이었다!

"뭐?"

"책임감에 문을 열었다고 했잖아. 결혼은 책임이니까."

그녀가 동그란 눈으로 나를 보았다. 누군가 그녀의 머릿속을 조종하는 것이라면, 현재 상황과 관계를 이해하기보다는 '말꼬리 잡기' 게임을 하고 있다거나 '상대가 곤란할 만한 질문하기' 장난을 하고 있는 것이 분명하다.

"결혼을 이야기하기엔 우리가 그렇게 가까운 사이는 아닌 것 같은데. 사귀는 사이도 아니고 말이야."

나는 그만 이성적이고 냉정한 대답을 하고 말았다. 아무리 생각해도 그녀가 싱거운 농담을 하는 것 같지가 않아서였다.

그러나 소주는 포기하지 않았다.

"공동생활을 하자는 건데 그게 그렇게 어려운 일이야?"

내가 반문했다.

"결혼이 단순한 공동생활인가?"

그리고 무엇보다 중요한 한 가지.

"나는 너를 잘 모르잖아."

그녀가 물었다.

"내가 싫어?"

"좋고 싫고의 문제가 아닌 것 같아. 이건."

"아니. 좋다, 싫다 말할 수도 있는 문제야."

소주가 나를 뚫어지게 바라보며 확고하게 대답했다. 나는 조금씩 그 고집에 싫증이 나서 말투가 조금 늘어졌다.

"잘 모르겠어."

"자보는 게 중요해?"

"뭐라고?"

그녀의 중학생 같은 질문에 그만 웃어버렸다. 설마 정말 중학생은 아닐까 싶었다. 몸집도 표정도 말투도 상식도.

혹은 아직 중2병이 낫지 않은 소녀일 수도.

대답을 기다리는 그녀에게 말했다.

"아니. 그건 중요하지 않아."

"검사받아야 하는 거야?"

"뭘?"

"나."

"그것도 틀렸어."

소주의 귀가 붉어졌다. 곧장 울음을 터뜨릴 것 같은 슬픈 얼굴이었다.

그녀가 말했다.

"집에 데려다준다면서 나를 여기까지 데려왔잖아."

"과정을 생략하면 안 되지. 사고가 있었잖아."

"나는 내 길을 가려고 했어. 그런 나를 설득한 건 너잖아."

"네가 다쳤잖아."

나는 한 치의 양보도 없이 대꾸를 했고, 소주는 괴로운 표정으로 따지듯 말했다.

"나는 네가 내 운명이라는 생각이 들어서 여기에 온 거야."

나는 깜짝 놀랐다.

"뭐라고? …그렇게까지 생각하는 줄은 몰랐어."

내가 소주를 이상하지만 귀여운 여자라고 흥미를 느끼는 사이에 그녀는 나를 만나고, 차에 타고, 사고가 나서 이 집에 오기까지 나를 운명이라고 확신하고 있었다니….

혹시 그간의 시간 속에서 내가 소주에게 보았던 두려움의 눈빛과 창밖을 바라보며 자꾸만 생각에 잠긴 이유가 나를 관찰하고 내 태도를 확인하는 과정이었을까.

소주가 고요히 말했다.

"그렇구나."

그녀의 어조는 어느새 담담해졌다. 설마 나를 가지고 장난을 치는 것은 아닐까? 약이 올라 기분이 조금 예민해졌다. 고약한 취미의 희생자가 된 것 같은 생각까지 들었다. 일단 지금은 이 집에서, 내 공간에서 그녀를 내보내고 싶을 만큼 진정이 되지 않았다. 그래서 홧김에 말했다.

"그만하자. 정말 이렇게 심각하게 이야기할 만한 상황인지 잘 모르겠어. 우선 그만 돌아가줄래?"

그녀는 차분한 태도로 자리에서 일어나 현관으로 걸어갔다. 거절을 많이 당해본 사람처럼 아무렇지 않게 받아들였다. 사고도 거절도. 불행한 것에 익숙한 사람처럼 구는 소주가 마음에 들지 않았다.

그녀의 사고방식은 내내 정작 '중요한 것'에는 심각하지 않고 '중요하지 않은 것'에만 심각했다. 그러나 '결혼' '책임' '공동생활'을 이야기하던 때는 꽤 심각하게 굴었다. 이것들은 내게도 '중요한 것'임을 깨닫고 이내 마음을 진정하려 했다. 그래서 나는 곧 소주에게 미안한 생각이 들었다.

그렇지만 변덕스럽게 보일까 봐 사과는 하지 않았다. 나를 좋아한다는데 이리도 냉정하게 굴 필요가 있을까 하는 생각도 들었지만, 사과는 하지 않았다.

아까 처음 소주를 만났던 나와 지금의 나는 다른 사람이 아닐까. 소주를 향한 마음의 결이 자꾸만 변해감을 느꼈다. 소주 역시 처음 나를 만난 순간과 지금의 마음은 달라졌을 것이다. 그래서 더욱 그녀에게 사과하지 않았다.

나가기 전 소주가 조심스레 물었다.

"나 내일 아프면 어디에 연락하면 돼? 보험회사에?"

"아니 나한테 해. 연락처 알려줄게."

"그래."

"너도 전화번호 알려줄래?"

이제 더 이상 사심이 아니고 그녀가 내일 몸이 아플까 봐 걱정이 되어서 그런 것이라는 말을 덧붙였다. 이 부분은 분명하게 해야 할 것만 같았다.

소주는 아무 말도 없이 고개를 저었다.

나는 다소 사무적인 몸짓으로 내 전화번호를 종이에 적어주었다. 그녀는 상처 입은 손으로 종이를 받아들었다. 그리고 뒤돌아 걸었다. 자기 연락처는 결국 주지 않은 채.

희미하게 소주가 말했다.

"뭐든 다 그렇지. 오늘은 괜찮다가 내일 아픈 거야."

밖은 여전히 겨울비가 부슬거리며 내리고 있었고, 나는 걸어가는 소주를 향해 외쳤다.

"우산 가져가!"

소주는 절대로 뒤돌아보지 않았다. 그리고 곧장 도망치듯 어디론가 달려갔다.

4

며칠이 지나고 주말이 되었다.

"뭐든 다 그렇지. 오늘은 괜찮다가 내일 아픈 거야."

늪에 빠진 것처럼 소주의 말이 머릿속을 떠나지 않았다.
아침에 잠에서 깨어날 때마다 귓가에 생생히 그 목소리가 들
려와 나는 약간의 죄책감을 느끼기도 했다.

공허하고 외로웠다. 이상한 일이다. 길가에 버려진 유기
견을 집으로 데려왔다가 다시 버려두고 온 기분이랄까. 그렇
게 마음 한구석이 허전했다.

침대에서 일어나 휴대전화를 확인했지만 소주에게서 연락은 없었다. 한편으론 차라리 그날 그렇게 정리된 것이 다행이라는 생각도 들었다.

오후에는 사진관으로 향했다. 오늘은 철수와 영희의 웨딩 촬영이 있는 날이다. 그중 오늘은 신랑의 친구들만 모여 단체 사진을 찍는 날이라, 무겁고 귀찮은 몸을 이끌고 사진관으로 갔다. 전날의 이러저러한 일을 생각하면 정장을 맞춰 입고 제시간에 도착한 내가 꽤 괜찮은 친구처럼 느껴졌다.

문을 열고 들어서자 철수는 턱시도를 입고 어색한 포즈를 취하고 있었다. 영희도 마찬가지로 드레스를 입고 허우적댔다. 친구들은 장난스럽게 "에라이"라며 야유를 퍼부었으나, 그럴 때마다 둘은 뭐가 그리도 좋은지 부둥켜안고 깔깔대며 소리 내 웃었다. 저러니까 결혼을 한다고 하는구나.

한 친구가 목청을 높였다.

"어디 한번 살아봐라!"

모두 박수를 치며 좋아했다. 나도 덩달아 웃긴 했지만 가끔은 나를 포함한 이 녀석들이 정말 철수의 친구인지 잘 모르겠다. 이런 것도 친구라고 단체 사진을 찍자는 철수와 영희도 이해가 잘 안 가지만.

촬영이 끝나고 철수가 조심스럽게 다가와 말했다.

"어떻게 됐어?"

"정리했어, 인마."

"그러고는 연락 없었어?"

"없었어."

그때 영희가 끼어들었다.

"소주는 마땅한 연락처가 없거든요."

철수가 딴지를 걸었다.

"연락처면 연락처지 마땅한 연락처는 뭐야?"

"소주는 정말 연락처가 없어요."

"왜요?"

"연락처가 바뀌면 끊겨버리는 인연은 믿지 않는다나. 뭐 그런 말을 예전에 한 적이 있어요."

나는 그제야 소주가 전화번호를 알려주지 않은 이유를 알게 되었다. 그때 힘없이 고개를 저었던 이유를 말이다.

얼른 영희에게 물었다.

"그럼, 찾아오기도 하나요?"

"글쎄요."

"친구 맞아?"

철수가 비아냥댔다.

"나쁜 애는 아니에요. 다 그럴 만한 이유가 있겠죠. 그런 생각은 안 해봤어요?"

"그것도 좋아져야 생기는 의문 아닌가요."

영희는 놀리듯 키득거렸다.

"이미 의문이 있네."

철수가 물었다.

"신경 쓰이냐?"

"약간."

"왜?"

"내가 못되게 굴어서."

"네가?"

"응. 일이 있었어."

어물쩍 대답하고는 잠시 사진관 밖으로 나갔다. 생각할 시간이 필요했다. 소주에 대해서. 휴식할 필요가 있었다. 소주에게서.

소주는 뭘까. 왜 내 인생에 갑자기 들어와 이상한 말을 남기고 사라진 것일까.

그녀는 나를 좋아한다는 마음도 내 집에 두고 가버렸다.

모처럼 듣는 고백이라 당황했지만 지금 생각해보니 나쁘지는 않았던 것 같다. 이것이 바로 무섭고도 놀라운 기억의 재구성이란 말인가. 지나고 나면 좋게 느껴지는….

그때 영희가 사진관 밖으로 나를 따라 나왔다.

"소주가 상식 씨를 좋아한대요?"

"찾아올까요?"

영희의 질문에 대답하기도 전에 궁금했던 말이 튀어나왔다.

"이사해도 찾아올까요? 전근이라도 가면요?"

어느새 영희를 따라 나온 철수가 말을 보탰다.

"궁금하냐?"

"궁금한 거 있으면 언제든 찾아오세요."

영희가 덧붙였다. 그러자 철수가 "상식이가 자기를 왜 찾아가"라며 투덜댔고, 둘은 투닥투닥 말싸움을 시작했다. 이런 상황을 너무 많이 봐서일까. 이제 둘만의 특별한 커뮤니케이션의 일종인 것 같고, 서로 사랑하는 방식처럼 느껴졌다. 꼭 내가 외로울 때만 이런 식이다. 꼴 보기 싫게.

세상에 여자가 반이라는데 나는 여자친구도 없고 외로웠다. 그 흔한 연애 한 번 못 해본 모태 솔로라는 사실을 말했다면 소주는 믿어줬을까. 그동안 참 외로웠다고, 그래서 사랑에 자신이 없다고 말했다면 나를 이해해줬을까. 왜 나는 냉정하게 그녀를 돌려보내야만 했을까.

그날 뒤도 돌아보지 않고 달려가던 그녀는 다시는 내게 오지 않을 것만 같았다. 내가 그녀의 자존심을 건드린 건 아닐지.

공허하고 외로웠다. 이상한 일이다. 소중한 무언가를 잃어버린 느낌. 그렇게 마음 한구석이 허전했다.

5

밤이 깊어지자 사진 촬영을 마친 영희와 철수가 다 같이 한잔하자고 했다. 소주를 처음 만났던, 고등어가 맛있는 선술집으로 가잔다. 그곳에 가면 소주 생각이 날 것 같아서 피곤하다고 둘러대고 자리를 피해버렸다.

어둑해진 골목을 지나 까만 거리로 나오자 내가 사는 아파트가 보였다. 우리 집인 삼층만 불이 꺼져 있다. 정말 나는 혼자였다.

아파트로 가는 길가에 세워진 신호등이 녹색으로 깜빡

였다. 갑자기 누가 아파트에서 나를 기다리기라도 하는 것처럼 횡단보도를 달렸다. 누구라도 나를 기다려줬으면. 오늘만큼은 누구라도 받아들일 수 있을 것 같았다.

엄마만 아니라면.

아파트 입구에 들어서자 자동으로 형광등이 들어왔다. 엘리베이터 옆 거울 속에 내 모습이 초라해 보였다. 몸에 딱 맞는 정장을 입었는데도 태가 나지 않는다.

철수와 영희는 결혼을 하는데….

휴, 자격지심이다….

아니다. 자존심이다.

어쩐지 생각이 많아져서 그냥 계단으로 올라가기로 했다.

그때 철수에게 전화가 왔다.

"야, 안 오냐?"

"응. 생각이 많아서."

"병신."

계단을 오르며 '생각이 많을 땐 운동이 최고지'라는 헛소리를 늘어놓으려던 찰나, 머리가 헝클어진 귀신 같은 여자가 잠들어 있음을 발견하고 비명을 질렀다. 전화 너머 철수도 놀라 비명을 따라 질렀다. 나는 "다시 전화할게"라고 말하고 여자의 동태를 살펴보았다. 자주색 스웨터를 입고 두 손을 가슴께에 포개 잠들어 있는 그녀. 바로 소주였다.

무섭고도 반가운 마음에 조심스럽게 그녀를 흔들어 깨웠다.

"소주야, 일어나. 너 여기서 자면 얼어 죽어."

소주는 끄응 소리를 내며 잠에서 깨어났다. 몰골이 말이 아니었다. 어디에서 노숙이라도 한 모양이다. 한참 만에 나타난 게 씻지도 먹지도 못한 모습이라니.

소주는 단 한 번도 나를 좋아한 적이 없는 듯한 얼굴로 말했다.

"상식아, 나 배고파서 왔어."

집 문을 열자 그녀는 기다렸다는 듯이 안으로 들어갔다. 잃어버렸던 강아지가 다시 집을 찾아온 듯했다. 소주만큼이나 나도 반가웠다.

밥통에 미리 해둔 밥을 공기에 예쁘게 담고, 냉장고 안에 들어 있던 계란 두 개를 풀어 계란말이를 만들었다.

소주는 식탁 앞에서 동그란 눈으로 나를 바라보았다. 숟가락과 젓가락을 들고 있는 귀여운 얼굴. 그러나 떡이 진 머리카락은 어쩔 도리가 없어 보였다. 그런 소주를 보며 방긋 웃었다. 솔직히 이 상황이 정말 어색했지만 그녀가 기색을 눈치채지 못하는 것 같아서 다행이었다.

따뜻하게 익은 계란말이와 밥, 그리고 반찬을 늘어놓자 소주는 인사도 없이 허겁지겁 음식을 먹어치우기 시작했다. 얼마 전 소녀 같은 얼굴로 나를 바라보던 그 아이와는 다른 사람 같다.

조심스럽게 물었다.

"집에는 안 갔어?"

"집이 없어."

"집이 없다고?"

"응."

"그럼 그동안 어디에 있었어? 부모님이 걱정하시겠다."

소주는 대답하지 않았다.

"씻지도 않은 거야? 밥도 굶었고?"

"응."

"왜?"

"죽으려고 했어."

소주가 입안 가득 계란말이를 씹으며 대답했다. 그녀는 충격적인 말을 아무렇게나 내뱉는 이상한 재주가 있다.

"너 보고 싶어서 왔어. 너 보고 나서 죽으려고."

이번엔 웃으면서 말했다. 나는 할 말을 잃었다. 어이가 없어서.

"누구에게 안길 일도 없는데 씻을 이유가 없잖아. 밥은 돈이 없어서 못 먹었고."

"너 직업이 뭐야?"

"나는 영희의 친구야."

"알아, 인마."

나도 모르게 철수에게 쓰는 말투가 튀어나왔다.

"너도 그렇게 생각하잖아. 나는 영희의 친구라고."

휴, 물은 내가 바보지. 어쨌든 지난번 일은 풀고 싶었다.

"그날 내가 한 말에 상처받았다면 미안해. 다시 만나게 된다면 사과하고 싶었어. 진심이야."

"상처받을게 뭐 있어. 그럴 수도 있다고 생각해. 나 무시하지 않고 문 열어줘서 고마워. 진심이야."

소주는 여전히 계란말이가 든 입안으로 하나를 더 집어넣었다.

"맛있다"라고 착하게 말해주는 소주가 안쓰럽게 느껴졌다. 소주는 설거지는 자신이 하겠다고 했다.

식사가 끝나고 그녀는 다 먹은 그릇을 가지고 개수대 앞으로 갔다. 냉장고에 넣을 반찬 통은 뚜껑을 덮어 차곡차곡 정리해 넣었다. 생각보다 집안일을 깔끔하게 잘했다.

설거지를 시작하자 그릇이 서로 부딪히는 소리가 정겹게 들려왔다. 엄마가 아닌 여자가 내 집에서 설거지를 하고 있는 정경이라니. 그 모습은 참 낯설었지만 이상하리만큼 아늑하게 느껴졌다. 그래서 나도 모르게 다정한 말투로 말했다.

"공동생활 하자는 말 진심이었어?"

소주는 귀가 밝았다. 흐르는 물로 그릇을 헹구는 중에도 내 이야기를 듣고 바로 대답했다.

"응."

"결혼은 아직 좀 그렇고, 머물 곳이 정해지지 않았다면 우리 집에서 가사 도우미 일을 해주면 어때?"

소주는 내 말을 듣고는 손에 묻은 물기를 개수대 위로 탁탁 털고 집 밖으로 나가버렸다. 이번에도 난 그녀의 자존심을 건든 게 분명하다. '오늘은 집에 들어가겠지'라고 쓸쓸히 생각한 순간, 소주가 문을 열고 들어왔다.

"쓰레기 버리고 왔어."

소주는 정말 손이 빠르구나…. 바로 일을 맡아주다니. 하마터면 박수를 칠 뻔했다.

주섬주섬 집안일을 시작하는 소주에게 말했다.

"나 궁금한 게 하나 있어."

"응?"

"남자친구 사귄 적 있어?"

"응."

잠시 어안이 벙벙해졌다. 나처럼 없을 줄 알았는데.

그녀는 내 표정을 유심히 살피고는 내가 앉아 있는 소파로 다가왔다. 그리고 처음 우리 집에 왔을 때 앉았던 자리를 찾아 벽에 등을 지고 앉아 말했다.

"그게 그렇게 놀랄 일이야? 내가 누군가를 사랑했다는 게?"

"왜 헤어졌는데?"

"바람피워서."

소주는 짧게 대답했다. 담담한 모습이었다. 그리고 더 이상 과거 일로 아프고 싶지 않다는 듯 또다시 태연하게 말을 이어갔다.

"난 바람 따위 괜찮다는데, 딴 여자한테 가버렸어."

"상처받았구나?"

"바람은 그럴 수도 있다고 생각했어. 그저 바람이니까. 그리고 그를 이해하는 쪽이 내 마음이 편했거든. 단지 그가 나를 떠나지 않기만을 바랬어. 그래도 있는 게 없는 것보다는 나을 것 같았으니까."

소주는 자신의 말에 골똘히 집중하다가, 피식 웃으며 다시 말을 이어갔다.

"사실 상처받은 일은 따로 있어."

소주는 웃음 반 생각 반이 되어 둥근 눈을 이리저리 굴렸다. 그러다 이내 그 동그랗던 눈은 반달이 되었고 다시 차분해졌다. 나는 소주의 눈동자 안에서 그녀가 두려워하는 것들을 읽은 것 같았다.

소주의 아픔과는 별개로 그녀가 살아온 날들에 대한 이야기를 듣는 것은 너무나 흥미로운 일이었다. 이런 상황을 통해 우리가 서로 알아간다는 것이 매우 다행스럽다고 생각했다. 그렇지 않으면 또다시 나는 홀로 그녀를 상상하고, 이상하다고 결론을 내리고 말았을 테니까.

소주는 전 남자친구와 헤어지는 날, 이별을 고하는 그의 말을 무척이나 무덤덤하게 받아들였다고 말했다. 그런데 그 순간 너무도 오줌이 마려웠다고 한다. 그 사실을 차마 말할 수 없었던 그녀는 참고 참아내다 끝내 이별에 대한 대답으로 이렇게 말하고야 말았단다.

"나, 쉬가 마려워."

그는 소주의 말에 고개를 끄덕이고는 주차된 자동차 한쪽에 서서, 그녀가 볼일을 마치고 나올 때까지 망을 봐주었다고 했다.

너무도 이상한 이별 장면이지만 소주가 낭당히 말하는 바람에, 나 역시 보편적이고 정상적인 상황으로 받아들이기로 했다.

"너무 고마웠지."

소주가 말했다.

대체 뭐가 고마웠다는 건지. 그저 바람을 피운 남자일 뿐인데. 망을 봐주었다는 마지막 순간만 기억에 있는 걸까. 소주를 도무지 이해할 수가 없었다. 정말 이상한 여자다.

"그런데 그때 개 한 마리가 내 앞을 지나 차도로 달려가는 거야. 행색이 유기견 같았어. 나는 볼일을 보느라 개를 구할 수가 없었고, 그도 망을 보느라 움직일 수가 없었어. 그러다 개는 우리가 보는 앞에서 그만 사고를 당하고 말았어."

소주는 그 장면이 진짜 상처였다고 말했다.

그녀는 그 현장에서 두 가지의 이별이 있었다고 했다.

그리고 더 이상 말을 하지 않으려는 듯 입을 굳게 다물었다.

나 역시 더 이상 많은 것을 묻지 않고 소주를 위해 따뜻한 차를 끓여주기 위해 찻장으로 걸어갔다. 그녀가 많이 아팠겠다는 생각에 내 마음도 아파왔다.

소주는 아파트의 따뜻한 온기에 대해 말하기 시작하더니 정말 좋단다. 그러다 문득 물었다.

"나도 누군가와 결혼할 수 있을까?"

"영희가 부러워?"

"너를 좋아해."

소주는 또다시 아무렇지 않게 고백을 했다. 나는 심장이 덜컹 놀라 두근거렸다.

소주는 애초에 내 대답에는 관심이 없는지 갑자기 다른 소리를 했다.

"나 씻어도 돼?"

나는 정신없이 고개를 끄덕이고 말았다.

"따뜻한 물로 씻다니 너무 기쁜 일이야."

뭐가 저리 고맙고 기쁜 것도 많은지.

나는 소주보다 먼저 욕실로 들어가 타월을 챙겨 건네주었다. 그녀는 두 손으로 받아들고 "고맙습니다"라고 인사를 했다.

　　소주는 정말 이상한 여자다. 내 마음을 자꾸만 이상하게
만든다. 동정이거나 연민인 걸까. 나는 감정에게 명령했다. 동
정과 연민에 흔들리지 말자고.

　　"씻고 나면 오늘은 꼭 집에 들어가."
　　소주에게 말하자 꼭 그러겠다며 고개를 두 번이나 강하
게 끄덕였다. 그리고 말했다.
　　"가사 도우미는 생각해볼게."

6

소주가 가고 난 후 공허함이 밀려왔다. 쓰러지듯 털썩 소파에 몸을 맡겼다. 그리고 철수에게 전화를 걸었다.

"미안. 소주가 왔었어."

"지금은 갔어?"

"응. 너는 심정이 어때?"

"나? 똑같지. 곧 결혼한다는 건 안 믿기지만."

철수가 허허실실 웃었다. 그러다 걱정스럽게 말했다.

"밖에 비가 많이 오는데…. 지난번에도 비 맞으면서 갔다며."

나는 자리에서 벌떡 일어나 닫혀 있던 커튼을 걷었다. 정말 장대 같은 겨울비가 내리고 있다.

"나가볼게."

전화를 끊고 현관으로 달려갔다. 신발장에 넣어둔 우산을 찾아 집 밖으로 뛰쳐나갔다. 그러나 소주는 이미 가고 없었다. 우산을 들고 동네를 여러 바퀴 돌았지만 찾지 못했다. 어디 처마 밑에 쪼그리고 앉아 있는 건 아닐까 싶어 기웃거렸으나 그곳에도 없었다. 때마침 고양이인지 개인지 모를 동물 한 마리가 빠르게 나를 스쳐 어느 지하실로 숨었고, 소주 역시 저런 지하실에라도 숨어 있었으면 좋겠다는 생각이 들었다. 지금은 너무 추우니까.

허탈한 마음을 달래려 소주를 처음 만난 선술집으로 향했다. 돈도 없다는 소주가 그곳에 있을 리는 없었다. 차비라도 챙겨줄걸.

선술집은 술과 기분에 취한 사람들로 가득했다. 나는 전에 먹어본 고등어구이를 시켰다. 그날 나에게 감동을 주었던 맛있는 고등어와 충격을 주었던 소주를 마셔야지. 그때 생각에 피식 웃음이 났다.

잠시 후, 발갛게 익은 고등어가 모락모락 연기를 내며 테이블 위에 올려졌다. 내 얼굴을 알아본 선술집 사장님이 직접 소주를 가져다주며 묻는다.

"원래 술 잘 안 하지 않아요?"

"오늘은 마셔야 할 것 같아서요."

"별일이네."

사장님은 웃으며 돌아갔다.

고등어를 먼저 먹을까 소주를 먼저 마실까 고민을 하다가 소주를 먼저 한 잔 마셨다. 너무 쓰고 가슴이 아팠다. 그래서 얼른 고등어를 젓가락으로 집어 입안에 넣었다. 여전히 맛있다. 소주와 함께 먹는 고등어는 정말로 혀에서 녹아내린다.

이렇게 추운데 소주를 데리고 고등어나 먹으러 올걸. 왜 설거지를 하게 내버려뒀을까. 소주의 엉망이 된 머리카락이 생각이 나 마음이 울컥거렸다. 이런 내 감수성을 철수에게 들키기라도 하는 날엔 뒤통수를 한 대 얻어맞겠지. 다른 친구들에게도 비웃음거리밖에 안 되겠지.

누군가와 지금의 이 기분을 나누고 싶었다. 혼자 마시는 술은 너무나 외롭다. 집을 나간 소주가 벌써 그리웠다. 얼른 집에 다시 찾아왔으면 좋겠다는 생각까지 들었다.

선술집을 나서며 큰 한숨을 쉬었다. 술에 약한 편이라 소주 몇 잔에 이미 많이 취해서 열이 났다. 그래서 여러 번 숨을 쉬며 몸에서 열이 빠져나가기를 기다렸다.

한숨은 깊은 어둠의 감정이기도 했다. 겨울이라 더 그런 것이겠지. 겨울은 뭐든 앙상해지고 외로워지고 나약해지니 말이다.

비틀비틀 걸어 집으로 향했다. 다리가 풀린 것은 아니었으나 힘이 없었다. 발이 엉망진창으로 꼬여 넘어지기도 했다. 엉덩방아는 그리 아프지 않았다. 술에 취해 무감각했다. 방금 전 들었던 그 수많은 감정들이 곧 술에 지배당해 무감각해지는 것 같았다. 이래서 사람들이 술을 마시나 보다. 나는 그 와중에도 실실 웃으며 생각이라는 것을 해보았다. 소주에 대해서.

아파트에 다다랐을 무렵 아까 본 지하실로 숨었던 동물 한 마리가 처마 밑에 앉아 있는 것이 보였다. 가까이 다가가자 그림자는 꽤 커 보였고, 나는 비틀거리며 손을 내밀었다. 동물의 검은 머리는 축축하게 젖어 있었다. 그것은 고양이나 개가 아닌… 소주였다.

소주는 그렁그렁 눈물 맺힌 눈으로 나를 올려다보았다. 몸이 많이 젖어서 추위에 바들바들 떨고 있었다.

나는 깜짝 놀라 소리쳤다.

"소주야!"

술이 확 깨면서 정신이 들었다. 재빨리 소주를 부축해서 아파트 계단을 올라갔다. 내게 기댄 소주는 너무도 가벼웠다. 그동안 먹은 게 없어서겠지. 나는 집 문을 열고 방으로 들어가 두꺼운 이불 안으로 소주를 밀어 넣었다. 소주는 아무 말도 하지 않았다. 나는 소주가 병이라도 걸린 건 아닐까 걱정이 되었다. 이불 속에 있는 그녀를 꼭 안아주었다. 그리고 도닥여주었다. 그러다 어느새 소주와 함께 잠이 들고 말았다.

7

보글보글 국이 끓는 소리가 들렸다. 엄마가 만들어주던 북엇국 냄새가 났다. 소주는 요리를 할 줄 아는가 보다. 아침 일찍 일어나 국을 끓인 듯했다. 그럴 필요까지 없는데.

그나저나 다행이다. 일어난 걸 보니 많이 아픈 상태는 아닌 것 같아서. 나는 안도의 한숨을 내쉬었다.

뒤척거리며 자리에서 일어나니 속이 쓰림과 동시에 허기가 밀려왔다. 그런데 이상하게도 아직 이불 안에 소주가 있다…? 이불 속에 이 사람은 누구지? 혹시 부엌에서 요리를 하는 사람이 소주가 아닌…가? 깜짝 놀라 이불을 걷었다.

나와 함께 있는 것은 개였다. 어제 안고 온 것은 소주가 아니라 유기견이었던 것이다. 부엌에서 북엇국을 끓이고 있는 엄마의 신경질적인 짜증이 들려왔다. 부모도 못 알아볼 만큼 술이 떡이 되어 들어왔다는 잔소리를 속사포처럼 떠들어 댔다.

짙은 검은색 털이 흠뻑 젖어 있던 개는 어느새 뽀송뽀송하게 말라 있었다. 그리고 따뜻하게 녹아 있었다. 나는 개를 안고 엄마가 있는 부엌으로 걸어 나갔다.

"엄마, 아무 때나 찾아오지 말라니까."

"염병을 떤다."

"집에 여자라도 같이 있었으면 어쩔 뻔했어?"

엄마는 곧 국자라도 날릴 기세로 나와 개를 노려보았다. 얼른 꼬리를 내리고 물었다.

"어제부터 와 있었어?"

"왜?"

"아니, 내가 개를 안고 집으로 들어오는 걸 혹시 봤나 해서."

"소중한 네 친구라던데?"

"…."

"키울 거야?"

"아니."

"개만도 못한 놈."

나는 바짝 긴장한 얼굴로 엄마를 쳐다보았다.

무서운 우리 엄마. 엄마는 내가 어릴 적부터 저런 식으로 나를 꾸짖곤 했다.

"집에 데리고 왔으면 책임을 져야지."

"내가 아직 준비가 안 됐잖아. 너무 갑작스러운 일이라 그래."

엄마는 나를 한심하다는 듯이 노려보고는 마음대로 하라며 집을 나가버렸다. 엄마는 늘 저런 식이다. 아빠도 괴로웠겠지.

현관 앞에서 엄마가 들리도록 소리쳤다.

"서로 합리적인 결정을 한 거라고 생각해줄 순 없는 거야? 각자 갈 길 가는 건데 왜 나한테만 그래. 개도 갈 길 가야지!"

말해놓고도 어이가 없었다. 논리가 하나도 안 맞는다. 한심하다는 생각이 들었다. 엄마도 그랬겠지.

문을 꼭 닫고 엄마가 다시는 마음대로 들어오지 못하도록 이중으로 잠가버렸다. 유치했지만 만족했다.

몸은 해장을 원했지만 더 급한 것이 있었다. 내가 안고 온 검은 털의 개를 목욕시키는 일이었다. 털이 모두 엉켜 있는 것이 꼭 안 감은 소주의 머리카락 같았다. 이러니 어제 착각을 했나 보다. 그래도 그렇지, 술이 떡이 되었어도 그렇지, 어떻게 사람이랑 개를…. 아무튼 나라도 나를 이해하려 애썼다.

우선 개를 안고 욕실로 들어가 따뜻한 물을 세숫대야에 받았다. 개는 소심하게 눈치를 보면서도 나를 잘 따랐다. 녀석은 짖을 줄도 물 줄도 모르는 것 같았다. 순둥이.

나는 개를 '고등어'라고 부를까 '소주'라고 부를까 고민이 됐다. 개 이름으로 고등어는 너무 길다 싶어 소주라고 하기로 했다. 작은 목소리로 개에게 "소주야"라고 말했다.

내가 너의 이름을 불러주었을 때, 너는 비로소 유기견이 아닌 '소주'가 된 것이다.

이름이 잘 어울려서 만족스러웠다.

걱정이 하나 있다면 철수와 영희의 결혼식에 이 개를 안고 가야 하는 것일까. 집에 두고 가도 괜찮은가. 난 아직 이 개를 잘 모른다.

그리고 소주는 철수와 영희의 결혼식에 올까?

8

개, 소주가 설사를 했다. 아침에는 멀쩡하게 잘 뛰어놀더니 갑자기 축 늘어져 있다가 일을 냈다. 사람에게도 안 좋은 증상이 설사라던데. 작은 동물은 더 걱정이 되어 대충 목도리를 동여매고 개를 담요로 돌돌 말아 동물 병원으로 향했다.

동물 병원에는 사람이 많았다. 수의사 선생님은 여자였는데….

예뻤다.

그래서 나는 그만 소주가 아프다는 사실을 아주 오래전부터 그랬던 것처럼 과장해서 말해버리고 말았다. 선생님은

갈색으로 염색한 긴 머리카락을 늘어뜨리고 있었는데, 매우 걱정스러운 눈빛으로 소주를 여러 번 살피더니 주사를 놓고 약을 처방해주었다. 그리고 혹여나 새벽에 개가 아프면 연락을 달라며 명함 한 장을 주었다. 그런데 마치 나에게 어떤 신호를 보내는 것처럼 손에 힘을 주며 "꼭이요"라고 말했다.

집에 돌아와 소파에 기대 수의사의 명함을 보고 또 보았다. '수진'이라는 자꾸만 불러보고 싶은 이름이 종이 위에 인쇄돼 있었다.

오늘 연락을 해봐야겠다 싶었다. 그러려면 소주가 딱 오늘까지는 아파야 할 텐데, 병원에 다녀온 이후부터 언제 아팠느냐는 듯이 컨디션이 좋아 보인다. 심지어 조금 전에는 건똥을 눴다.

나는 초조해진 마음으로 거실을 두리번거리며 병원으로 가기 전, 개가 싸놓은 설사를 닦으려고 찾아보았지만 집이 깨끗하게 정리돼 있었다. 엄마가 다녀간 모양이다. 엄마는 항상 이런 식이다. 뭐든지 나보다 한 박자 빠르게 생각하고 처리해버려서, 애써 결심했던 것들이 시들해져버린 경우가 꽤 많다.

소주가 아프면 새벽에라도 연락을 하라는 수진의 말을 어기고, 저녁 아홉시밖에 안 되었지만 전화를 했다. 그리고 개의 상태가 괜찮아졌다고 솔직하게 말했다. 수진은 상냥한 목소리로 기뻐했다. 훈훈한 분위기를 이어가 집에 초대하고 싶다고 말하자, 잠시 고민하는 듯 침묵이 있더니 이내 알겠다고 들리겠다고 한다.

전화를 끊고 나니 이상하게도 마음이 조금 무거워지기 시작했다. 왜 그럴까. 소주 때문에? 생각을 너무 깊이 하지 말자. 좋은 게 좋은 거니까. 나는 긍정적인 방향을 모색하는 보통 남자일 뿐이라고 스스로를 정당화했다.

저녁이 되고 초인종이 울렸다. 수진일 것이다. 미리 집 안에 불빛을 은은하게 만들어 두었다. 하지만 방문자는 수진이 아닌 소주였다.

"웬일이야?"

내가 어색하게 물었다. 그녀는 당연한 듯 문을 열고 집 안으로 들어오려고 했다. 나는 잡고 있는 문고리에 힘을 주며 말했다.

"손님이 오기로 했어."

"손님?"

"그래, 손님."

소주는 담담한 얼굴로 한발 물러서서 말했다.

"가사 도우미에 대해 생각해봤어."

"그래? 결론은?"

"아직."

"아직이라고?"

"응. 협상할 게 있어."

"협상?"

소주의 입에서 협상이라는 말이 나오자 조금 웃음이 날 것 같았다.

"뭘 협상하면 되는데?"

"이 집에 살면서 일하면 좋겠어."

"그러니까 네 말은 동거를 하자는 얘기지?"

"아니, 내가 여기서 거주를 하겠다는 얘기야."

"네가 여기서 거주를 하는 건 나와 동거를 하는 거야. 결국 같은 말이야."

그녀는 약간 놀란 듯 자신 없는 목소리로 말했다.

"…그렇구나."

소주는 눈을 아래로 깔며 바닥을 내려다보았다. 약간은 슬퍼 보이는 표정이었다. 그러다 갑자기 발끝을 둥글게 굴리기 시작했다. 아마도 동정으로 시간을 끌려는 모양이었다.

"어떻게 할래?"

"가사 도우미 일은 다시 생각해볼게."

나는 수진의 방문만 아니면 어제 데려온 개를 소주에게 소개하고 싶었다. 술이 떡이 되어 데려온 아이라는 이야기만 빼고.

소주가 물었다.

"개가 있더라?"

"어떻게 알았어?"

"집에 문이 열려 있었어. 초저녁에."

"들어왔었어?"

"당연히."

개의 설사를 치운 건 역시 소주였다.

"난 네가 아픈 줄 알았어."

소주의 말에 나는 박장대소하고 말았다.

"아무리 그래도 내가 패드에 볼일을 보진 않아."

"그래서 개가 있냐고 물은 거야."

"있어."

"많이 아파?"

"아니, 많이 나았어."

"보고 싶다. 개."

소주가 어리광 부리는 아이처럼 말했다. 발끝으로 그리는 동그라미는 제발 집 안으로 들어가게 해달라는 몸짓이었던 것이다. 그러나 곧 수진이 도착할 시간이다.

"손님이 오기로 했어."

그 순간 삼층 엘리베이터의 문이 열렸다. 수진이다.

수진은 나와 소주를 번갈아 보고 인사를 했다.

나는 당황스러운 마음에 수진에게 해명이라도 하듯 떠들었다.

"아무것도 아니에요. 가사 도우미예요."

소주는 아무런 대꾸도 하지 않았다. 여느 때처럼 담담한 미소를 지으며 예의 있게 눈인사를 했다. 그리고 내 말을 따라 했다.

"아무것도 아니에요."

나는 소주에게 "어서 가"라고 속삭이듯 말하곤 수진과 함께 집 안으로 들어가버렸다. 그리고 혹시라도 소주가 비밀번호를 알고 있을까 봐, 이중으로 문을 잠가버렸다.

찾아온 소주를 집 안으로 들이지 않은 것은 미안했다.

하지만 지금 이 시간을 방해받고 싶지 않았다. 지금은 수진을 알고 싶은 마음이 우선이었다.

수진은 안으로 들어가도 되는지 한 번 더 묻고는 세련된 검은색 구두를 벗었다. 의사 가운 차림도 멋졌으나 지금 옷차림도 근사했다. 무릎 위로 올라오는 남색 스커트와 하얀 블라우스. 누구라도 좋아할 이상형 같아 보였다. 특히 보통의 나 같은 남자라면 더.

수진은 웃으며 개의 상태를 확인하더니 "괜찮아졌네"라며 머리를 쓰다듬었다.

예뻤다.

머뭇거리는 수진에게 소파를 권했다.

"저녁인데, 커피 괜찮으세요?"

"괜찮아요."

나는 커피를 만들러 주방으로 갔다.

개수대는 깨끗하게 정리돼 있었다. 엄마가 만진 모양은 아니었다. 엄마는 고무장갑을 쓰고 난 뒤에 항상 수도꼭지 위에 올려두었으나, 지금은 개수대 한쪽에 접혀 있다.

소주였다. 전에도 소주는 고무장갑을 쓰지 않고, 물기 묻은 손을 개수대 위에 탁탁 털었다.

방금 전 소주가 개의 설사를 치우곤 "네가 아픈 줄 알았어"라고 말하던 얼굴이 생각나 어이없이 웃음이 났다.

그때 개, 소주가 처음으로 나를 보고 짖어댔다. 상태가 이상해 보였던 모양이다.

개를 살펴보던 수진은 말했다.

"소주는 나이가 좀 있다 보니 시력이 좋지 않네요."

"그걸 어떻게 아세요?"

"이빨을 보면 대강의 나이를 알 수 있는데, 소주는 보기보다 나이가 많아요. 열 살은 되었을 거예요. 치석도 많고 치주염도 있네요."

그렇다면 개, 소주와 내가 앞으로 함께할 수 있는 시간이 그리 길지는 않다는 걸까.

나는 따뜻한 커피를 그녀에게 건넸다. 가볍게 고개를 숙이며 잔을 받는 수진의 잘 가꾼 손톱이 돋보였다.

그런데 참 이상했다. 커피를 마시는 그녀를 한참이나 바라보는데, 너무도 아름다운 그녀가 내 마음속에 퐁당 들어오지 않는다는 것이.

침묵을 깨고 입을 열었다.

"집 문을 열면 마음을 연 거라는 얘기가 있던데 아세요?"

"그래요?"

"어떤 사람이 그런 얘기를 하더라고요. 문을 연 이는 마음을 연 거고, 들어온 이는 상대의 마음 안에 들어온 거라고.

어떤 이상한 사람이 그런 말을 하더라고요."

"로맨틱하네요. 그 사람."

"그래요? 난 이상한 사람이라고 생각했는데."

"그 사람이 이 집에 들어왔었나 보죠?"

상당히 똑똑한 사람이다. 아뿔싸. 그러나 최대한 소주처럼 담담히 말을 이어갔다.

"네. 결혼을 하자고 하더라고요. 처음 만난 사람이었는데."

수진은 소리 내 웃으며 말했다.

"정말 로맨틱하네요."

"로맨틱이라곤 한순간도 없었어요. 그런데 생각이 나네요. 너무 허무맹랑한 일이라서요."

개, 소주가 나를 향해 또 짖었다. 그러자 수진은 개를 안아주며 말했다.

"소주야, 오늘은 아프지 마."

다정한 수진의 말을 듣고 있자니 마음 한구석이 콕콕 쑤셔 숨을 쉴 수가 없었다. 지금쯤 어딘가를 돌아다니고 있을 것만 같은 소주가 머릿속에 그려졌다. 아프지 않기를, 몸도 마음도. 그래서 한참 동안 아무 대꾸도 할 수가 없었다.

그때 창밖으로 눈이 내리기 시작했다. 수진이 말했다.

"와, 눈이네요. 이번 겨울은 유난히 비가 많이 오더니 오늘은 눈이에요."

그래, 올겨울은 참 비가 많이 왔지. '겨울비'라는 생각을 하자 또 소주 생각이 났다.

수진과 함께 창밖을 내려다보았다. 포근해 보이는 눈이 내린다. 평온한 기분도 잠시, 역시 이렇게 수진과 어울려 있을 때가 아닌 것 같다.

"잠시만요."

급하게 현관으로 나가 신발장 안에 넣어둔 우산을 꺼냈다. 갔으려나? 문을 열어 주변을 둘러보았으나 소주는 없었다.

나는 수진에게 왜 소주를 그 흔한 '친구'라는 말로도 소개하지 못했던 것일까. 왜 하필 '아무것도 아닌' 또는 '가사 도우미'라는 소리가 먼저 나왔을까.

담담했던 소주의 표정이 아른거린다.

나를 따라 현관으로 나온 수진이 구두를 신으며 돌아갈 채비를 했다.

"상식 씨, 안색이 좋지 않아 보여요. 좀 쉬는 게 좋을 것 같아요."

"미안합니다."

그녀에게 손에 들고 있던 우산을 건네주었다.

"고마워요. 다음에 돌려줄게요. 무슨 일 있으면 연락하세요."

"바래다줄게요. 횡단보도 앞까지라도요."

수진을 배웅하는 길에도 내내 생각했다. 소주를. 근사한 사람과 비교할 수 없는 이상한 사람을. 아무것도 없는, 아무것도 아닌 소주를 계속해서 생각했다.

전화를 걸어보고 싶었지만 연락할 길이 없었다. 왜 그녀는 자신이 원할 때만 내게 올 수 있는 것일까. 그래. 그것부터가 잘못된 시작이었다고 고개를 저어 그녀를 부정했다. 불공평하다는 생각이 들었다.

그 일이 있고 며칠이 지나도 소주는 찾아오지 않았다. 가사 도우미 일을 맡지 않았다. 불성실한 알바생. 물론 가사 도우미 일은 생각해본다고 하고 말았지만, 결론도 내지 않고 사라지다니.

그러던 어느 날 밤, 개가 피 섞인 설사를 하기 시작했다. 나는 다급하게 수진에게 전화를 걸었다. 그녀는 한달음에 달려와주었다. 그리고 시름에 젖어 있는 나와 개를 밤새 돌봐주었다.

부끄럽지만 계속 눈물이 났다. 소주가 이대로 죽을까 봐 두려웠다. 오늘 이별하고 싶진 않았다. 하염없이 소주의 이름을 부르며 흐느꼈다.

수진은 주머니 안에서 손수건을 꺼내 눈물을 닦아주었다. 순간적으로 더욱 긴장이 풀려 주륵주륵 콧물이 났다. 수진에게 창피한 것쯤이야 나의 소중한 개가 죽는 것에 비하면 아무것도 아니었다.

"으흐흐흑… 소주야, 죽으면 안 돼. 소주야."

그날 깨달았다. 아무래도 개 이름을 잘못 지었다는 것을. 밤새 개, 소주를 부르짖다 보니 소주가 자꾸만 보고 싶어져서 견딜 수 없었다.

그날 왜 나는 그렇게 문을 닫아버렸을까. 그것도 이중으로! 소주가 보고 싶다던 개의 머리라도 한번 쓰다듬을 수 있게 해줄걸. 행복해했을 텐데. 그립고 보고 싶다가도 연락처가 없는 소주가 야속해서 견딜 수가 없었다.

소주는 그날 저녁, 내가 문을 열어두고 동물 병원에 간 사이 집에 들어와 개의 설사를 치우고, 개수대에 쌓인 먹다 남은 음식이 가득 담긴 그릇을 치우고, 행구고 물기를 닦아내고,

가지런히 쌓아둔 후 고무장갑을 개수대 한쪽에 접어두고 갔을 테지.

　나는 그날 다른 여자를 만나고 소주를 거부하고.

　오늘 어쩌면 개, 소주는 죽을지도 모르고.

　내게 아무것도 아닌 소주. 이상한 여자 소주. 그러나 지금 내게 가장 필요한 소주.

　내 소중한 소주들 누구도 아프지 않기를.

　오늘은 아프지 마.

9

"지옥으로 가는 걸 환영한다. 김철수!"

친구들이 장난스럽게 환호했다. 오늘은 바로 철수와 영희의 결혼식.

소주를 본 지 일주일이 지난 날이기도 하다. 나는 오롯이 개를 돌보며 소주를 기다렸지만 끝내 그녀는 나타나지 않았다.

나는 상태가 호전된 소중한 개, 소주를 결혼식장에 안고 왔다. 혹시 몰라서.

철수는 내내 행복해 보였다. 나는 신부 대기실에 앉아 있는 영희에게 개를 데려갔다.

"상식 씨, 왔어요? 그런데 개 키워요?"

영희가 웃으며 말했다.

신부 화장을 한 영희는 전혀 다른 사람 같았다. 영희의 이름이 대기실 앞에 써 있지 않았다면 못 알아볼 정도였다. 변신 기술에 놀라면서도 행복해하는 그녀를 보니 그 행복이 내게도 전해지는 것 같았다.

"얘 이름은 소주예요."

영희는 자지러지게 웃었다. 개 이름 때문은 아닌 것 같았다. 오늘은 그냥 바람만 불어도 행복한 사람 같았다. 웃음을 그친 영희가 비밀이라는 듯이 말했다.

"나는 자그마한 철수 씨 때문에 하이힐은 포기했어요. 맨발로 입장하려고요."

웃음이 터졌다.

이런 배려를 받다니, 복도 많은 놈.

"그래도 철수가 더 작을 텐데요."

영희는 어쩔 수 없지 않느냐는 식으로 눈을 찡긋거렸다.

나는 궁금하던 것을 물었다.

"그나저나 소주는 온데요?"

"글쎄요. 이제 소주가 궁금해진 거예요?"

영희의 입꼬리가 장난스럽게 올라가 있다. 어쩐지 소주가 결혼식에 올 것이라는 확신이 들었다.

나는 기대감에 개를 안고 신이 나서 결혼식장 안으로 들어갔다. 소주를 찾아 두리번거렸으나 보이지 않았다. 혹시 여기에도 씻지 않고 오면 어쩌나 걱정이 되었다. 결혼식이니 먹성 좋은 소주가 배부르게 먹고 갈 테지. 안심도 되었다. 뷔페를 먹기 위해서라도 꼭 올 거야. 생각이 계속됐다.

언젠가부터 끝없이 생각이 꼬리에 꼬리를 무는 버릇이 생겼는데 다 소주 때문이다. 걱정에서 시작된 잡념은 머릿속을 끊임없이 돌아다니다가, 끝내 입 밖으로 튀어나와 혼잣말을 하게 했다. 안겨 있던 개, 소주가 나를 이상하다는 듯 쳐다보더니 턱을 두 번 핥아주었다. 나를 불쌍히 여기다니. 불과 얼마 전까지는 네가 더 불쌍했거든.

사회자가 곧 결혼식이 시작되니 자리에 착석해달라고 했다. 나는 앉으면서도 연신 소주를 찾았지만 좀처럼 보이지 않았다.

서정적인 피아노 연주가 흐르고 결혼식이 시작되었다. 나를 포함한 친구 녀석 모두 안 어울리는 정장 차림으로 자리에 앉아 있는데 꼴이 꽤나 우스웠다. 영희의 친구들도 모두 멋을 부리고 왔다.

만약 그날, 내가 소주가 아닌 다른 여자를 집까지 바래다 줬더라면 지금 나의 운명은 달라졌을까.

결혼행진곡이 연주되고 철수가 당당히 입장했다. 늠름한 자세 덕분에 오늘은 키가 작아 보이지 않는다.

친구들이 모두 자리에서 일어나 박수를 치며 소리를 질렀다. 나는 개를 안고 있느라 환호만 했다. 개, 소주는 분주한 결혼식장이 낯설어서 겁을 먹었는지 고개를 내 겨드랑이 사이로 집어넣었다. 안심하라고 토닥여주었다.

다음은 영희의 입장이다. 부모님이 안 계신 영희는 홀로 걸어 나왔는데 철수보다 더 늠름한 모습이었다. 당당한 자세로 걷다가 갑자기 부케를 머리 위로 흔들었다. 마치 승리를 확신하는 잔 다르크 같았다. 화끈하게 소리까지 질렀다. 그녀의 친구들은 덩실거리며 춤을 췄다. 하객들은 영희의 이름을 부르며 환호했다.

꼭 한 편의 영화를 보는 것처럼 지금 이 순간이 현실이 아닌 듯 느껴졌다. 행복한 철수와 영희, 소리를 지르고 춤을

추는 이들이 나만 빼고 모두 행복해 보였다. 나만 스크린 밖에서 홀로 앉아 개, 소주를 안고 있는 것 같았다.

축가의 시간이 되었다. 원래대로라면 우리 반 학생들이 축가를 해줬어야 하지만, 소주로 인해 혼란스러운 상태가 계속되었던 탓에 미처 준비를 못했다. 철수와 영희가 너그럽게 이해해주어서 고마웠다.

꼬마 합창단을 대신해 축가를 부른다는 여성이 등장했다. 연보랏빛 드레스를 입은 그 사람은… 소주였다. 혹시 몰라서 머리를 보았더니 깨끗해 보였고, 깔끔하게 빗겨져 있다.

소주를 보자마자 왈칵 눈물이 났다. 너무도 감격스럽고 반가웠다. 나는 상상했던 것 이상으로 그녀를 그리워했던 것 같다. 왜 왜 왜. 난 이렇게 네가 보고 싶었는데 넌 그렇게 화려한 모습으로 무대 위에 있는 거야. 괜한 억울함에 눈물을 멈출 수가 없었다.

개, 소주가 턱 밑까지 흐르는 눈물을 핥아주었다. 다행히 결혼식장은 파티 같은 분위기로 변해 아무도 내가 우는지 알지 못했다.

소주는 예뻤다. 빙그레 웃는 미소가, 둥근 눈이, 초록 잎을 상실한 앵두 같은 입술이, 복숭아 같은 양 볼이 너무나도 귀여웠다. 그녀의 직업은 영희의 친구랬지. 그래서일까. 영희의 행복이 마치 자신의 행복이라도 된 듯 기쁨으로 충만해 보였다. 그들의 행복이 너무나 예뻤다. 그 바람에 콧물까지 쏟으며 또다시 울어버렸다.

소주의 축가가 시작됐다.

그대만 보면 난 두근 두근 두근
내 사랑인 걸 알았죠.

그대만 보면 난 반짝 반짝 반짝
첫눈에 알아보았죠.
봄볕처럼 참 따스했죠.

사랑이 올까요.
그대만 보면 두근 두근 두근
내 곁에 머물러줄까요. 정말.

사랑이 올까요.
그대만 보면 반짝 반짝 반짝
오늘도 내일도 또 오늘도 내일도

난 그대만 생각해요. 정말.

싫증 내지 말아주세요. 정말.
귀찮아하지 말아줘요. 정말.
날 떠나지 말아주세요. 정말.
내 눈빛을 안아주세요.

소주는 음치였다. 그렇지만 "정말" "정말" 하고 노래하는
목소리가 너무나도 사랑스러웠다. 나는 소주에게 다시 한번
반하고 말았다. 그녀의 목소리가 꾀꼬리라도 된 것마냥, 옥구
슬이라도 흘러가는 것마냥 그저 좋았다. 친구 녀석들 역시 마
찬가지로 이상한 여자라고 놀리던 소주에게 반한 듯 괴성을
질러댔다. 그 순간 소주는 아이돌 가수였다. 이놈들, 이제야
그녀를 제대로 보는군. 그러다 문득 불안했다. 저 친구 놈들은
아무도 믿을 수 없었기 때문에.

소주는 까도 까도 계속 나오는 양파 같은 여자다. 이 특
별한 사람 앞에서 계속해서 눈물이 났다. 양파 같은 이를 마주
해서 눈이 시렸던 것일까. 내가 언제부터 이렇게 감수성이 풍
부했을까.

개를 안고 멀리 떨어진 곳에서 홀로 서서 소주를 바라보았다.

소주는 이후 사진 촬영 때 영희가 던진 부케를 받았다. 세상에서 가장 아름다운 여자로 보였다. 주인공 영희에게는 미안한 말이지만 내 시선은 오로지 소주에게로 향했다. 그야말로 빛이 나는 듯했다.

"나는 네가 내 운명이라는 생각이 들어서 여기에 온 거야."

나는 혼잣말을 했다. 진심이었다.

그동안의 일이 스쳐 지나갔다. 소주를 이상하지만 귀여운 여자라고 생각하며 흥미를 느끼고, 싫증을 느끼고, 다시 그리워하고, 그녀를 만나고, 함께 차에 타고, 사고가 나고, 우리 집에 오고, 축가를 듣고, 지금 부케를 받는 장면을 보고 있다.

언젠가 소주가 내리는 비를 바라보며 내 태도를 확인했던 것처럼, 나 역시 나만의 과정으로 그녀에게 어떤 대답을 기다렸던 것은 아닐까. 우리는 결국 서로의 언어로 상대를 더듬으며 길을 헤맸던 것은 아닐까.

결혼식을 마친 후 나는 철수와 영희를 공항까지 데려다

주기로 했다. 둘은 울어서 퉁퉁 부은 내 눈을 바라보며 말했다.

"개 알레르기야?"

나는 대답할 수 없었다. 개, 소주는 얌전하고 착하게 무릎 위에 잠들어 있었다. 깨우고 싶지 않았다. 행복한 꿈을 꾸는 중일지도 모르니까.

백미러에 비친 철수와 영희는 지친 듯 고요히 잠이 들었다. 평소에 시끌시끌한 둘이 저리도 얌전히 잠든 것을 보니 결혼식 당일이 고되긴 고된가 보다.

공항에 도착하자 철수와 영희는 기지개를 켰다. 나는 짐을 꺼내기 위해 어쩔 수 없이 소주를 들어 옆자리로 옮기고, 트렁크를 열었다. 그때 철수가 살짝 다가와 말했다.

"소주 씨, 예쁘더라. 오늘."

"알아, 인마."

"아쉽냐?"

철수가 비아냥거렸다.

"나, 다른 여자를 사귀어볼까 봐."

"왜?"

"글쎄."

모호하게 대답하자 철수가 내 머리카락을 헝클어뜨리며 말했다.

"병신."

"왜?"

"이제 와서 자존심이냐?"

"아니, 자격지심이다."

나는 말해놓고 웃었다. 언젠가 나누던 대화랑 너무 비슷
해서.

10

나는 개, 소주를 안고 삼층 아파트의 계단을 올랐다. 평소 같지 않게 숨이 찼다. 개의 무게 때문인가 싶었지만 꼭 그것만은 아니었다. 마치 상사병에 걸린 증세처럼 가슴이 답답하고 숨이 막히는 기분이 들었다.

그러다 이내 깜짝 놀랐다. 소주가 삼층 계단에 앉아 있었다. 헛것을 본 게 아닌가 싶어 두 눈을 의심했지만 정말이었다. 소주는 귀신같이 나를 기다리는 귀신 같은 여자였다.

"상식아, 안녕?"

"어. 안녕."

나는 어색한 말투로 인사를 건넸다.

마주 보는 것이 너무 오랜만이라 다소 쑥스러웠던 탓에, 차마 눈을 마주치지 못했다.

현관문을 열자 소주는 당연한 듯 들어와 신발을 벗었다. 개를 품에서 내려놓자 소주가 주방으로 가서 개 사료를 찾았다. 개 밥그릇도 귀신같이 찾아내 개가 먹을 만큼의 적당한 양을 쏟아붓는다. 저 개, 소주는 어쩌면 그녀가 풀어둔 개일지도 모른다는 의심이 든다. 그도 그럴 것이 개는 주인인 나를 버리고 소주에게 달려가 반갑게 꼬리를 흔들다 배를 벌러덩 깐다. 나는 개, 소주에게 배신감을 느꼈다. 잘해준 것이 후회도 되었다. 너 때문에 많이 울었는데. 질투가 났다. 마음이 고약해져서 갑자기 이상한 소리를 해버렸다.

"나 다른 여자를 사귀어보려고 해."

사실 너를 기다리다 지쳐서 삐뚤어졌다는 속마음을 내비친 것이지만.

"그래? 잘됐다."

소주가 대수롭지 않게 대답했다.

대체 뭐가 잘됐다는 걸까. 우리 집에 당연하다는 듯이 들어와놓고, 남과 사귀는 것에는 잘됐다고 말하는 것이 너무도 이상했다.

그녀는 나를 단 한 번도 좋아한 적이 없던 사람처럼 굴었다. 아무렴 상관없다는 듯이 개, 소주의 궁둥이를 쓰다듬었다. 나는 유치하지만 우리의 마음이 같기를 원했는데….

"질투 안 나?"

"아니."

"어째서?"

"질투하길 바라니?"

"글쎄."

내가 뾰루퉁해져서 답했다. 입장이 바뀐 것이 매우 불만스러웠다. 전에는 내가 갑인 기분이었는데 이렇게 한순간에 을이 되다니.

소주가 말했다.

"나 마음을 바꿨어."

"응?"

"너 내 거 하자고 했더니 안 된다고 했잖아. 그래서 마음을 바꿨어. 네가 내 것이 아닌 게 되니까 영원히 내 것이 되더라. 간단하지?"

평소의 소주답지 않게 매우 이성적인 말투였다. 그 태도에 야속한 생각이 들었다. 나는 그녀가 계속해서 어린아이로

있기를 바랐던 사람처럼, 어른이 되어 돌아온 모습이 섭섭하게 느껴졌다.

"그리고 가사 도우미, 해볼게."

"정말?"

"응. 이제 내 직업은 영희의 친구 겸 상식이네 가사 도우미야."

금방 그녀가 귀여워졌다. 나를 심술맞게도 만들었다가 행복하게도 만드는 소주. 내 마음을 들었다 놨다 하는 것이 불만족스러웠지만, 이 기회를 놓쳐선 안 된다는 생각에 얌전히 고개를 끄덕였다.

소주가 말했다.

"재밌다."

"뭐가?"

"너를 곤란하게 만드는 게."

그녀가 웃었다. 마치 내 마음을 다 읽었던 사람처럼. 나도 따라 웃었다. 한순간에 바보가 된 기분이었지만, 그래도 어쩔 수 없었다. 그녀가 지금 내 눈앞에 있는 것이 행복했기에.

소주는 청소를 시작하겠다고 말하곤 능숙하게 집을 치우기 시작했다. 그러면서 아까 한 말을 한 번 더 한다.

"다른 여자, 사귀어도 괜찮아. 그럴 수도 있다고 생각해."

나는 아무 대답도 하지 않았다. 소주는 말을 이어갔다.

"나는 오랜만에 만나는 봄볕은 좋은데 뜨거운 햇볕은 싫거든. 내 말 무슨 말인지 알아듣겠어?"

"잘 모르겠어."

"왜 긴 겨울을 지나고 만나는 봄볕은 설레는데, 여름철 내내 뜨거운 햇볕은 사람을 지치게 하잖아."

"그러면서 결혼은 왜 하자고 한 거야? 그건 매일 뜨거운 햇볕을 만나는 것과 마찬가지일 텐데."

"남자들은 문서로 된 약속은 잘 지키니까. 그냥 약속은 잘 안 지키는데."

나는 소주의 말에 크게 웃어버렸다.

"너와 약속하고 싶었어. 이별하고 싶지 않았거든."

"소주 너, 두려웠구나. 그래서 결혼하자고 말했던 거고."

"그때는."

소주는 마치 한참 전 일 혹은 남의 일처럼 말했다.

"나는 이별이 싫으니까."

어른이 된다는 건 이별의 빈도수가 높아진다는 걸 뜻한다. 때문에 소주는 이별을 받아들이는 성숙한 어른이 되기보

다. 어린아이인 채로 지내는 것이 더 낫겠다는 생각을 했다고
말했다. 어딘가에 머무른다는 것 역시 언젠가는 떠나야 하는
일이라, 방랑자로 살고 싶었다고도 했다. 그리고 이런 자신이
반드시 틀린 건 아닌 것 같다고도.

"계속 죽고 싶다는 생각만 들었어. 이별이 싫어서. 그런데
처음 이 집의 온기를 느꼈던 그 순간에, 다시 살고 싶어졌어."

소주는 개수대로 가서 설거지를 하더니 이내 주변에 흩
어진 소주병을 정리하기 시작했다.

"내 이름이 왜 소주냐면 정말로 아부지가 소주를 좋아하
셔서야."

"…그렇구나. 여전히 좋아하시니?"

소주는 고개를 흔들었다.

"돌아가셨어, 부모님은."

부모님과의 이별을 말하는 소주는 담담한 모습이었다.
그러면서 이별은 정말 지긋지긋하다고 다시금 강조했다. 부
모님이 돌아가신 이유는 기억이 나지 않는다고 한다. 그 부분
은 기억이 상실된 것 같다고도 말했다.

그런 소주의 상태는 스스로 상처받지 않기 위한 일종의
방어기제가 아닌가 싶었다. 지난번 사고 때도 그렇고 충격을

받을 때마다 오히려 더 담담해지면서, 아무렇지도 않게 말을 툭 내뱉는 습관이 보였다. 나는 소주에게 내가 관찰한 바를 이야기해주었다.

그녀는 동의한다는 듯 태연하게 고개를 끄덕거리며 웃었다. 지금의 행동 역시 방어로 보였지만.

"맞아. 나 어릴 때 축구부였는데 골키퍼였어. 방어를 아주 잘했거든."

"혹시 영희는 공격수?"

"어떻게 알았어?"

소주는 웃으며 말하고 설거지를 마쳤다. 그리고 물기 묻은 손을 개수대 위에 탁탁 털었다.

내가 차를 끓이는 사이 개, 소주가 어느새 그녀의 곁으로 가서 궁둥이를 바짝 붙이고 앉아 있었다. 마냥 소주가 좋은 모양이다. 그러고 보면 개와 나는 공통점이 있다. 소주라는 사람을 좋아한다는 것.

소주가 몸을 숙여 배를 문질러주자 개가 손등을 핥으며 애정을 표현했다. 얄밉다. 저렇게 금방 친해지다니.

소주가 물었다.

"상식아, 나 월급 얼마나 줄 거야? 참, 아르바이트하면 이

거 필요하다고 들어서 가지고 왔어."

"뭔데?"

"주민등록증."

소주에게 신분증이 있다는 것이 이상하게도 이상했다. 소주도 주민이고 시민인데, 왠지 그녀의 주민등록증은 너무도 어색했다.

나는 결명자차에 뜨거운 물을 부었다. 소주와 결명자라니. 참 나란히 하기엔 안 어울린다는 생각이 들었다. 소주가 차를 마시는 동안 주민등록증을 받아 들었다. 집 주소가 있다. 역시 집이 없다는 말은 거짓이었을까. 그리고 소주의 사진 옆에는 이름 '피소주'와 '장기기증' 스티커가 붙어 있었다.

11

철수와 영희의 신혼집은 아담하고 아늑했다. 신혼여행에서 돌아온 두 사람은 하와이에서 얼마나 많은 싸움을 했는지를 늘어놓기 바빴다. 그러더니 갑자기 함께 산다는 것은 또 얼마나 힘든 일인지 투덜대며 공동생활의 불편함에 대해 토로했다.

새파란 소파에 나란히 앉은 바퀴벌레 한 쌍 같은 부부는 운명 공동체처럼 손을 꼭 붙잡고서 "상식아, 너는 결혼하지 마라"라고 약 올리듯 말했다.

"힘들어"라고 말하는 철수는 고개를 치켜세우고 덜 다듬어진 수염을 매만지는 것이 거만하기 이를 데가 없었다.

저런 것도 친구라고.

나는 철수와 영희에게 소주가 나를 찾아왔고 많은 이야기를 나눴다고 들려주었다. 그리고 소주가 축구부 골키퍼였고, 영희는 공격수, 소주에게 주민등록증이 있다는 사실도 이야기했다.

영희가 말했다.

"보셨어요? 장기기증?"

"네."

"걔가 그런 애예요. 유기견 구하지 못한 죄로 자신이 죽으면 다 주고 가겠다고 다짐했대요."

"몰랐어요."

그 순간 소주가 아파트 계단에서 잠들어 있던 장면이 떠올랐다. 약하고 여려 보이는 겉모습 안에 누군가를 돕고 싶은 용기가 숨어 있었던 것이다.

영희의 말로 그녀는 평소 자신이 "태어난 게 죄"라는 말을 많이 했으며, 상당한 죄의식을 가지고 있다고 했다. 부모님의 죽음은 아마도 자신 때문이었을 것이라는 말과 함께.

"부모님 얘기도 들으셨어요?"

"돌아가셨다고요. 그런데 그 일은 기억이 나지 않는다고 했어요."

영희는 한숨을 쉬었다. 철수는 뭔가 아는 눈치였으나 말을 아꼈다. 나는 캐묻고 싶었지만 영희가 말을 할 때까지 기다렸다. 영희는 커피를 끓여 오겠다며 주방으로 나갔다.

철수가 조심스럽게 말했다.

"아버지가 심하게 학대를 한 모양이야."

소주의 아버지는 소주를 하도 많이 마셔서 알코올중독으로 돌아가셨다고 한다. 발견되었을 당시 소주는 여섯 살이었는데, 소주병으로 맞아 머리에는 피가 잔뜩 굳어 있었고, 깨진 파편 주변으로 아버지의 시신이 놓여 있었다고 했다.

그녀의 어머니는 소주를 낳다가 돌아가셨는데, 아버지는 그 일로 소주를 원망하며 학대했을 가능성이 크고, 결국 알코올중독으로 몸을 가누지 못하다 쓰러져, 뇌진탕으로 돌아가셨다고도 말했다. 소주는 눈앞에서 쓰러진 아버지를 기억하지 못했고, 구조된 순간에는 "소주"라는 말밖에 하지 못할 정도로 발달이 미숙한 아이였다고 했다. 아무런 교육도 보호도 받지 못한 여섯 살 여자아이를 본 사람들은 모두 소주가 피 흘리는 짐승과도 같았다고 했다.

보호소에서 머무는 동안 소주를 보살펴준 사람들이 그

녀가 유일하게 아는 단어인 '소주'를 애칭처럼 불렀고, 그래서
이름이 되었다고 했다.

　　그때 영희가 커피를 가져왔다. 김이 모락모락 올라오는
커피에서 좋은 향이 났지만, 도무지 마음이 씁쓸해 마실 수가
없었다.

　　영희가 말했다.

　　"아버지 성이 피, 그래서 피소주예요."

　　"이름 참 살벌하다."

　　내가 말했다.

　　"왜 그러셨는지… 참."

　　철수가 한탄했다.

　　"아마도 소주 아버지는 자기 자신을 어쩌지 못해서 그랬
던 것 아닐까? 외롭고 고독하고 무서워서…."

　　철수가 비아냥댔다.

　　"그게 핑계가 된다고 생각해?"

　　"난 그냥 소주 입장에서, 이렇게라도 이해하며 살길 바라
는 마음에 하는 소리야. 그래야 덜 미우니까. 그래야 조금이나
마 마음이 편하니까."

　　영희가 말했다.

　　"상식 씨, 지금 소주 같아요."

어쩌다 보니 소주같이 생각하고 소주같이 말하고 있었나 보다. 그만큼 소주의 모든 것을 알고 싶고 이해하고 싶었다. 그리고 가능하면 소주의 상처를 치유해주고 싶었다.

그때 휴대전화가 울렸다. 엄마였다. 평소 자주 전화를 하는 양반이 아니었기에, 잠시 철수와 영희에게 양해를 구하고 통화를 했다.

"응, 엄마."

"집에 왔는데 누가 있었어."

엄마의 말로는 어떤 여자가 가사 도우미라고 말하곤 밖으로 뛰쳐나갔다고 했다. 청소 중에 문을 열어뒀는데 개가 문밖으로 나가서 찾으러 가야 한다고 했단다. 나는 소스라치게 놀라 전화를 끊고 어서 가보려 했는데, 엄마는 그녀의 이름이 소주인 걸 알았는지 데려온 개 이름의 이유와 그동안 시름시름 앓았던 것이 소주 때문이었는지 추궁했다. 왜 중요한 시점에 이런 질문을 해대는 것인지 이해할 수가 없었다. 엄마는 그러더니 "집안일도 잘하던데 그 여자한테 장가가라"라고 말하곤 전화를 툭 끊어버렸다. 늘 이런 식이다.

나는 이 사실을 철수와 영희에게 전하며, 다급하게 겉옷을 챙겨 입고 밖으로 나왔다. 우리 셋은 아파트까지 한달음에 달려갔다. 도착해서 둘은 소주의 이름을 부르며 찾았다. 하지만 나는 목이 메어 도저히 이름을 부를 수가 없었다. 어쩌면 또 한 번 소중한 것들을 잃어버릴지도 모른다는 생각에 미안함과 뒤섞인 여러 가지 감정에 목이 메어왔다. 소주의 이름을 차마 부를 수가 없었다. 불안한 예감이 온몸에 스며들었다.

제발. 아무것도 잃어버리지 않기를.

나는 소주처럼 이별에 익숙한 사람이 아니니까. 내게는 소주가 필요하다. 반드시 소주를 찾아야만 하는데 다리에 힘이 풀려 자리에 주저앉고 말았다. 자동차 사고가 난 그날처럼 골반이 틀어져 다리가 마비된 것만 같았다. 아니, 머리가 마비된 것 같았다.

나는 주저앉아 이마에 손을 얹고 모든 게 꿈이었으면 좋겠다고 생각했다. 철수와 영희는 동네 두 바퀴를 도는 동안 내내 소주의 이름을 부르더니, 힘없이 앉아 있는 내 곁으로 와 안아주었다.

때마침 휴대전화가 울렸지만 손이 떨려 받을 수가 없었다. 철수가 꺼내 영희에게 전해주었다.

병원에서 걸려온 전화였다. 소주의 자주색 스웨터 안에

내 전화번호가 적힌 종이를 발견하고는 연락했다고 한다.

언젠가 적어주었던 전화번호. 사실 소주는 이 종이를 계속 품속에 넣어두고 내게 전화하지 않기 위해 애썼던 것은 아닐까. 그래서 나에게 그토록 이성적으로 굴었던 것일까. 방어를 잘하는 그녀라면 충분히 그랬을 수도 있겠다는 생각이 든다. 그리고 그녀의 행방이 묘연한 지금. 어쩐지 이 세상 사람이 아닐 수도 있겠다는 불안함이 밀려와 떨리는 목소리로 물었다.

"소주가… 죽은 건 아니죠?"

"그럴 리가 있냐, 인마."

철수는 말도 안 되는 소리를 한다며 뒤통수를 후려갈겼다. 맞으니 겨우 정신이 들었고 정신이 들자 아팠다. 뒤통수가 아닌 가슴이.

12

철수와 영희에게 나 혼자 병원에 가보겠다고 했다. 둘은
따라오겠다고 난리였지만, 소주와 긴히 할 이야기가 있으니
우선은 먼저 가보겠다고 설득했다.

병원은 우리 집에서 한참 떨어진 곳이었다. 낡고 쓸쓸해
보이는 외관. 소주는 6인실 한쪽에 잠들어 있었다. 간호사에
게 어디가 아픈 것인지 묻자 다짜고짜 장기기증을 하러 왔다
며 고집을 피워서, 일단 침대에 누워 진정하라고 자리를 내주
었다고 한다.

아마도 개를 잃어버렸다는 죄책감이 증폭된 것 같았다. 과거 유기견에 대한 죄의식이 안 그래도 있는 편인데 개, 소주를 잃어버렸다는 자책까지 더해져서 괴로웠으리라.

하지만 이상하게도 개, 소주가 걱정되지 않았다. 까만 털의 그 녀석은 반드시 집에 찾아올 것이라는 믿음이 들었다.

처마 밑에서 처음 만난 날, 안겼던 것처럼 나를 맞아주겠지. 나는 따뜻하게 감싸주고 씻겨주고 안아주겠지. 잠시 헤어져 있었지만 내가 자기를 얼마나 아끼는지 내 마음을 알아주겠지.

집으로 돌아간 나는 소주의 주민등록증을 챙겼다. 신분증에 적힌 집 주소로 가보기 위해서였다. 지금이 아니면 그곳을 다시는 찾을 기회가 없을 것 같았다.

목적지에 다다를수록 풍경이 너무나 황량해졌다. 여기에서 사람이 거주할 수 있나 싶었다. 지대도 높아서 언덕을 한참 올라야만 했다.

가로등도 드문드문 있는 산동네 판잣집 사이에 소주의 집이 있었다. 문은 잠기지 않아 열려 있었고, 집은 아무도 살지 않는 듯 썰렁했다. 씻을 곳도 화장실도 없었다. 이곳에서 소주는 여섯 살에 발견되었고, 소주의 아버지는 돌아가셨다.

소주가 머물던 작은 둥지를 보고 나니, 더욱더 소주와 함께 지내야겠다는 생각이 들었다.

다시 병원으로 향하는 길목에 잠시 차를 세우고, 하염없이 소주를 떠올렸다. 다른 여자를 사귀니 마니 떠들어대면서 그녀의 자존심을 건든 건 아닐까 미안했다. 연민이네 동정심이네 판단하며 소주와 나의 감정을 한참 동안 무시했으니.

병원에 도착해 누워 있는 소주를 흔들어 깨웠다. 눈을 뜬 그녀는 나를 발견하고 울먹이는 목소리로 말했다.

"소주를 잃어버렸어."

나는 미소를 지으며 달랬다.

"괜찮아. 이제 집에 가자."

"나… 죽으려고 했어."

"알아."

"그래서 장기를 주려고 여기에 왔어."

"네 장기 아직 필요 없대."

"왜?"

"네가 살아 있으니까."

소주는 눈을 내려 깔고 아무 말도 하지 않았다. 나는 신발을 한 짝씩 신겨주었다. 소주는 순한 강아지처럼 가만히 앉아 그 모습을 바라보았다.

13

집으로 돌아오는 차 안에서도 소주는 아무 말이 없었다. 따뜻한 히터를 틀어 그녀의 마음과 몸에 온기가 돌기를 바랐으나, 소주는 아무 반응 없이 창밖을 바라볼 뿐이었다.

집 현관에서도 병원에서와 마찬가지로 무릎을 꿇어 신발을 벗겨주었다. 편한 자리에 앉힌 후, 감지 않은 머리카락을 한 올 한 올 손으로 빗어 잘 풀어주다 보니 내가 데리고 온 유기견 같았다.

밥으로 죽을 만들어 떠먹여주었다. 소주는 아무 말 없이 가만히 받아먹기만 했다. 그 후에는 소주를 침대에 눕히고 두

꺼운 이불을 꺼내 덮어주었다. 그리고 이불 위를 살며시 안았다. 소주가 따뜻한 마음으로 내게 돌아오기를 바라며.

몇 시간이 지났을까.

소주가 힘없는 목소리로 불렀다.

"상식아…."

"그래. 나 여기 있어."

"혹시 나한테 무슨 냄새 났어? …사랑하면 상대방한테 나는 어떤 냄새도 좋다던데, 난 네 냄새가 좋았어."

"냄새 안 났어."

"머리 빗겨줬잖아."

"편히 쉬라고. 너 꼭 유기견 같더라. 그 아이도 처음엔 사랑을 두려워했거든. 그리고 지금은 이 온기를 그리워하고 있을 거야."

"…맞아."

"걱정 마. 개, 소주는 너보다 똑똑해. 반드시 돌아올 거야."

"…알아."

소주가 미소 지었다.

"사실 나, 오늘 너에 대해 많은 걸 알게 됐어. 너의 가족, 왜 이름이 소주인지도."

소주는 내 품에서 벗어나 거실로 걸어 나갔다. 나도 따라 나섰다. 그녀는 거실 한가운데에 가만히 서 있었다. 아무래도 내가 혼자 이것저것 알아본 것이 불편했을까.

"왜 내가 이 이름을 갖게 됐는지 알게 된 거야?"

소주가 물었다.

"응."

"그럼 나를 사랑하게 된 거야?"

"그래."

"그렇구나."

소주가 담담하게 말했다.

두려웠다. 소주가 사실은 무척 놀랐을 테니까.

"그게 내 인생에 무슨 상관이지?"

소주가 서늘하게 물었다.

"네가 나를 사랑하는 게 나랑 무슨 상관이 있지?"

"응?"

"속이 후련하다. …나 지금 복수한 거야. 알겠어?"

"그래?"

"기분이 어때?"

"너를 정말 사랑하는 기분이 들어."

심술을 고백으로 밀어붙이자 소주의 동공이 흔들렸다.

소주는 혼란스러운 표정으로 물었다.

"진심이야?"

"응."

그녀는 현관 앞으로 천천히 걸어가더니 신발을 신었다.

"여기 다신 안 올 거야."

"뭐라고?"

"오늘은 네가 나를 사랑하게 된 날이니까. 나는 영원히 살고 싶어졌어. 그래서 나 오늘은 꼭 죽으려고 해."

"그게 대체 무슨 말이야."

"그동안도 오늘도 너 보고 싶어서 왔어. 너 보고 나서 죽으려고."

나는 말문이 막혔다.

"합리적인 선택이었다고 생각해줄 순 없겠어? 각자 갈 길 가는 거라고."

저건 내가 개, 소주를 책임지지 않으려고 했을 때 엄마에게 했던 말인데. 이 귀신 같은 여자는 어디서 저런 말을 배워 온 걸까.

"갑자기 왜 그러는 건데?"

"갑자기?"

소주가 반문했다.

"네가 갑자기 이러는 거지, 내가 갑자기 이러는 거야?"

그 말이 맞았다. 여자들은 항상 이런 식이지. 다 옳은 말만 해서 사람을 꼼짝 못하게 하지.

현관문을 나서려고 하는 소주의 손목을 붙들었다.

"결혼하자."

잠시 침묵이 흐르고 소주가 고요한 태도로 말했다.

"나 네 거 아니야."

"난 네 거라면서."

"나랑 뭔가가 되려고 하지 말고, 그냥 진실로 사랑해줄래? 그럼 난 영원히 네 거가 되니까."

"대체 그게 무슨 말이야!"

나는 주저앉아 소주의 다리를 붙들고 마구 울어버렸다. 그리고 계속해서 결혼하자고 매달렸다. 무책임한 사람, 너 없으면 못 살게 해놓고 이제 와서 나한테 왜 그러느냐고 따졌다. 태어나서 이렇게 누군가에게 사정사정해보기는 처음이었다. 그렇지만 이 손을 놓으면 소주를 영영 못 볼 것 같았다.

하지만 소주는 차갑게 말했다.

"내일 아프면 보험회사에 전화해."

그리고 떠났다.

나는 흐느껴 우는 것 외에 할 수 있는 게 없었다. 눈물을 핥아줄 개도 없었다. 더듬더듬 핸드폰을 찾아 철수에게 전화를 걸었다.

"흐으으으으흑."

"김상식, 뭐냐? 울어?"

"와주라."

"뭐?"

"와달라고!"

얼마 후 착한 철수와 영희가 집으로 달려왔다. 열린 문 앞에 쓰러져 울고 있는 나를 보고 철수가 말했다.

"미쳤다. 얘, 드디어 미쳤네. 이거."

내가 말했다.

"으흐흐흑. 소주가… 갔어."

영희가 한숨을 쉬었다.

"흐흑. 나 좀 때려줘."

철수가 복부를 시원하게 발로 걷어찼다.

아프다.

영희가 한 번 더 나를 걷어찼다.

정말 아프다.

어쩐지 의욕이 생긴 영희가 나를 들어 올려 바닥으로 내

팽겨치려 하자 철수가 말렸다.

"흐으으으윽. 말리지 마."

내일 아파서 일어나지 못할 정도로 영희에게 맞고 싶었다. 내일 더 아팠으면 좋겠다. 이 고통으로 소주를 잊었으면 좋겠다.

14

3월의 봄바람이 불고 새 학기가 시작됐다.

학생들과 피천득 작가의 〈인연〉을 읽어보는 시간을 가졌다. 지루하다고 야유하는 아이도 있었지만, 언젠가 이 녀석들도 사랑을 하고 아파하며 어른이 되고, 또 자신만의 인연을 만날 날이 있을 거라는 생각에 읽기를 계속했다.

쉬는 시간이 되자 아이들은 모두 운동장으로 뛰쳐나갔다. 나도 봄바람을 느끼려 복도로 나가 창밖을 내려다보았다. 아이들이 축구를 하고 있다. 동그란 공 하나로도 참 재미있게 논다.

가만히 보니 골키퍼가 여자아이다. 저 아이도 자라나면 소주처럼 방어를 잘할까.

퇴근길에 슈퍼마켓에 들러 소주 한 병을 샀다. 현관문을 열자 개, 소주가 반겨주었다. 이 녀석은 내 믿음대로 며칠 안 되어 다시 집으로 돌아왔다. 역시 똑똑한 개였다.

나는 소주를 들이켰다. 그리고 취기가 오를 때 즈음 그동안 한 번도 찾아보지 않았던 철수와 영희의 결혼식 영상을 틀었다. 그 안에는 연보랏빛 드레스를 입은 예쁘고 음치인 소주가 축가를 부르고 있었다.

그대만 보면 난 두근 두근 두근
내 사랑인 걸 알았죠.

그대만 보면 난 반짝 반짝 반짝
첫눈에 알아보았죠.
봄볕처럼 참 따스했죠.

사랑이 올까요.
그대만 보면 두근 두근 두근

내 곁에 머물러줄까요. 정말.

사랑이 올까요.
그대만 보면 반짝 반짝 반짝
오늘도 내일도 또 오늘도 내일도
난 그대만 생각해요. 정말.

싫증 내지 말아주세요. 정말.
귀찮아하지 말아줘요. 정말.
날 떠나지 말아주세요. 정말.
내 눈빛을 안아주세요.

숨을 돌리려 커튼을 열었다. 기분 좋은 저녁 봄바람이 불
어왔다.
몇 번이고 생각했던 것들을 다시 생각했다.

그녀는 나를 떠났다. 괜찮다.
그럴 수도 있다고 생각한다.
이로써 나는 그녀를 정말로 사랑하게 되었다.

"상식아."

그녀가 나의 이름을 부른다. 철수와 영희의 결혼식 영상 안에서. 그녀가 나의 이름을 불러주었을 때, 나는 비로소 소주의 상식이 되어 있었다.

2013년, 〈다우더〉라는 모녀간의 갈등을 소재로 한
장편영화 작업을 너무나 힘들게 마치고 나서
나는 처음으로 로맨틱코미디를 작업해보고 싶어졌다.
그 당시 나는 한창 연애를 하던 시기였기 때문에
내 이야기도 리얼하게 담아보고 싶었다.

《눈물은 하트 모양》은 어디까지나 소설이지만
에피소드에는 내 연애담이 중간중간 녹아 있다.
소설 속 여자주인공 '소주'가

남자주인공 '상식'의 아파트 계단에서
잠을 자며 기다린다든지
아르바이트로 상식의 집에서 설거지를 해준다든지
또는
"네가 내 것이 아니게 되니까 영원히 내 것이 되더라"라는
소주의 개똥철학은
나의 이십대 초반 미친 연애에서 나온 것이다.

지나보면 아무것도 아닌 그때의 사랑.
지금은 '아무것도 아닌 너와 나'가 되었지만
그때만큼은 심각했고 비굴했고 유치했고
그래서 더 웃픈 이십대의 연애.
자격지심과 자존심이 전부였던 지난날.
이 모든 죽을 것만 같았던 '사랑한 시간'이 지나자
비로소 나는 서른이 되었다.

서른이 훌쩍 넘은 지금.
나는 측은지심이 있어야
사랑이 유지 가능하다고 사고하게 되었고
이제야 보통 남자 상식을 이해하게 되었다.

상식은 의리 없고 비겁한 태도를 보일 때도 있지만
숱한 기로에서 소주에 대해 생각하고 또 생각하다
비로소 소주의 것이 되어버리고 마는
가장 인간적인 등장인물이자 이 소설의 전부이다.

이 소설을 읽는 모든 이들이
내 어릴 적 미친 연애와 함께 즐겁길 바란다.
행복하길 바란다.

구혜선

눈물은 하트 모양

ⓒ 구혜선, 2019

초판 1쇄 발행일 2019년 5월 27일
초판 3쇄 발행일 2019년 6월 17일

지은이   구혜선
펴낸이   정은영
편집   고은주 한지희
마케팅   이재욱 백민열 이혜원 하재희
제작   홍동근

펴낸곳   꿈지락
출판등록   2001년 11월 28일 제2001-000259호
주소   04047 서울시 마포구 양화로6길 49
전화   편집부 (02)324-2347, 경영지원부 (02)325-6047
팩스   편집부 (02)324-2348, 경영지원부 (02)2648-1311
이메일   spacenote@jamobook.com

ISBN 978-89-544-3983-1 (03810)

꿈지락은 "마음을 움직이는 (感) 즐거운 (樂) 지식을 담는 (知)"
㈜자음과모음의 브랜드입니다.

이 도서의 국립중앙도서관 출판시도서목록(CIP)은 서지정보유통지원시스템 홈페이지
(http://seoji.nl.go.kr)와 국가자료공동목록시스템(http://www.nl.go.kr/kolisnet)에서
이용하실 수 있습니다.(CIP제어번호: CIP2019017402)